FRANÇO

Françoise Sagan, de son vrai nom Françoise Quoirez, est née à Cajarc, dans le Lot. Sa carrière de femme de Lettres commence en 1954 avec la publication de *Bonjour tristesse*. Ce roman, en abordant explicitement la sexualité féminine avec un style désinvolte et mordant, provoque un véritable scandale. Récompensé la même année par le prix des Critiques, il devient l'emblème de toute la génération d'après-guerre et propulse son auteur au devant de la scène littéraire.

Son œuvre compte aujourd'hui une trentaine de romans parmi lesquels *Aimez-vous Brahms...*, publié en 1959 et porté à l'écran en 1963 par Anatole Litvak, *Les merveilleux nuages* (1973), *Un orage immobile* (1983), *Les faux-fuyants* (1991) ou encore *Le miroir égaré* (1996).

Nouvelliste et auteur de théâtre, Françoise Sagan a écrit une dizaine de pièces et une biographie de Sarah Bernhardt publiée en 1987. Ce grand personnage de la scène culturelle française a également écrit le scénario du *Landru* de Claude Chabrol.

Passionnée de sport automobile, l'auteur de *Bonjour tristesse* a résidé de nombreuses années à Honfleur. En 1985, elle a reçu pour l'ensemble de son œuvre, le dix-neuvième prix de la Fondation du prince Pierre de Monaco.

Françoise Sagan s'est éteinte le 24 septembre 2004 à l'âge de 69 ans.

UN CERTAIN
SOURIRE

FRANÇOISE SAGAN

UN CERTAIN
SOURIRE

JULLIARD

Le papier de cet ouvrage est composé de fibres naturelles, renouvelables, recyclables et fabriquées à partir de bois provenant de forêts plantées et cultivées durablement pour la fabrication du papier

© René Julliard, 1956.
ISBN 978-2-266-18997-2

À Florence Malraux

*L'amour c'est ce qui se passe
entre deux personnes
qui s'aiment.*

ROGER VAILLAND.

PREMIÈRE PARTIE

CHAPITRE PREMIER

Nous avions passé l'après-midi dans un café de la rue Saint-Jacques, un après-midi de printemps comme les autres. Je m'ennuyais un peu, modestement ; je me promenais de la machine à disques à la fenêtre pendant que Bertrand discutait le cours de Spire. Je me souviens qu'à un moment, m'étant appuyée à la machine, j'avais regardé le disque se lever, lentement, pour aller se poser de biais contre le saphir, presque tendrement, comme une joue. Et, je ne sais pourquoi, j'avais été envahie d'un violent sentiment de bonheur ; de l'intuition physique, débordante, que j'allais mourir un jour, qu'il n'y aurait plus ma main sur ce rebord de chrome, ni ce soleil dans mes yeux.

Je m'étais retournée vers Bertrand. Il me regardait et, quand il vit mon sourire, se leva. Il n'admettait pas que je fusse heureuse sans lui. Mes bonheurs ne devaient être que des moments essentiels de notre vie commune. Cela, je le savais déjà confusément, mais, ce jour-là, je ne pus le supporter et me détournai. Le piano avait esquissé le thème de *Lone and sweet* ; une clarinette le relayait, dont je connaissais chaque souffle.

J'avais rencontré Bertrand aux examens de l'année précédente. Nous avions passé une semaine angoissée côte à côte avant que je ne reparte pour l'été chez mes parents. Le dernier soir il m'avait embrassée. Puis il m'avait écrit. Distraitement, d'abord. Ensuite, le ton avait changé. Je suivais ces gradations non sans une certaine fièvre, de sorte que, lorsqu'il m'avait écrit : « Je trouve cette déclaration ridicule, mais je crois que je t'aime », j'avais pu lui répondre sur le même ton et sans mentir : « Cette déclaration est ridicule, mais je t'aime aussi. » Cette réponse m'était venue naturellement, ou plutôt phonétiquement. La propriété de mes parents, au bord de l'Yonne, offrait peu de distractions. Je descendais sur la berge, je regardais un moment les troupeaux d'algues, ondoyants et jaunes, à la surface, puis je faisais des ricochets avec des petites pierres douces, usées, noires et agiles sur l'eau comme des hirondelles. Tout cet été, je répétais « Bertrand » en moi-même, et au futur. D'une certaine manière, établir les accords d'une passion par lettres me ressemblait assez.

A présent, Bertrand était derrière moi. Il me tendait mon verre ; en me retournant je me trouvais contre lui. Il était toujours un peu vexé de mon absence à leurs discussions. J'aimais pourtant assez lire, mais parler littérature m'ennuyait.

Il ne s'y habituait pas.

« Tu mets toujours le même air, dit-il. Remarque, je l'aime bien. »

Pour cette dernière phrase, il avait pris une voix neutre et je me souvins que nous avions pour la première fois entendu ce disque ensemble. Je retrouvais toujours chez lui des petites poussées sentimentales, des jalons dans notre liaison, dont je n'avais pas gardé le souvenir. « Il ne m'est rien, pensai-je soudain, il m'ennuie, je suis indifférente à tout, je ne suis rien, rien, parfaitement rien » ; et le même sentiment d'exaltation absurde me prit à la gorge.

« Je dois aller voir mon oncle, le voyageur, dit Bertrand. Tu viens ? »

Il passait devant et je le suivais. Je ne connaissais pas l'oncle voyageur et je n'avais pas envie de le connaître. Mais il y avait quelque chose en moi qui me destinait à suivre la nuque bien rasée d'un jeune homme, à me laisser toujours emmener, sans résistance, avec ces petites pensées glaciales et glissantes comme des poissons. Et une certaine tendresse. Je descendais le boulevard avec Bertrand ; nos pas s'accordaient comme nos corps la nuit ; il me tenait la main ; nous étions minces, plaisants, comme des images.

Tout au long de ce boulevard et sur la plate-forme de l'autobus qui nous emmenait retrouver l'oncle voyageur, j'aimais bien Bertrand. Les cahots me jetaient sur lui, il riait et m'entourait d'un bras protecteur. Je restais appuyée sur sa veste, contre la courbe de son épaule, cette épaule d'homme si commode pour ma tête. Je respirais son parfum, je le reconnaissais bien, il m'émouvait. Bertrand était mon premier amant. C'était sur lui que j'avais connu le parfum de mon propre corps. C'est toujours sur le corps des autres qu'on découvre le sien, sa longueur, son odeur, d'abord avec méfiance, puis avec reconnaissance.

Bertrand me parlait de l'oncle voyageur qu'il semblait peu aimer. Il me disait sa comédie de voyages ;

car Bertrand passait son temps à chercher les comédies chez les autres, à tel point qu'il vivait un peu dans la crainte de se jouer lui-même une comédie dont il ne serait pas conscient. Ce qui me paraissait comique. Ce qui le rendait furieux.

L'oncle voyageur attendait Bertrand à la terrasse d'un café. Quand je l'aperçus, je dis à Bertrand qu'il n'avait pas l'air mal du tout. Déjà nous étions près de lui, il se levait.

« Luc, dit Bertrand, je suis venu avec une amie, Dominique. C'est mon oncle Luc, le voyageur. »

J'étais agréablement surprise. Je me disais :

« Tout à fait possible, l'oncle voyageur. » Il avait les yeux gris, l'air fatigué, presque triste. D'une certaine manière il était beau.

« Comment s'est passé le dernier voyage ? dit Bertrand.

— Très mal. J'ai réglé une succession assommante à Boston. Il y avait des petits juristes poussiéreux dans tous les coins. Très ennuyeux. Et toi ?

— Notre examen est dans deux mois », dit Bertrand.

Il avait insisté sur le « notre ». C'était là le côté conjugal de la Sorbonne. On parlait de l'examen comme d'un nourrisson.

L'oncle se tourna vers moi :

« Vous passez aussi des examens ?

— Oui, dis-je vaguement. (Mes activités, si minimes fussent-elles, me faisaient toujours un peu honte.)

— Je n'ai plus de cigarettes », dit Bertrand.

Il se leva et je le suivis du regard. Il marchait vite, avec souplesse. Je pensais parfois que cet assemblage de muscles, de réflexes, de peau mate, m'appartenait et cela me paraissait un étonnant cadeau.

« Que faites-vous, à part les examens? dit l'oncle.

— Rien, fis-je. Enfin pas grand-chose. »

Je levai la main en signe de découragement. Il l'attrapa au vol; je le regardai, interloquée. Pendant une seconde, très vite, je pensai : « Il me plaît. Il est un peu vieux et il me plaît. » Mais il reposait ma main sur la table en souriant :

« Vous avez les doigts pleins d'encre. C'est bon signe. Vous réussirez à votre examen et vous serez une brillante avocate, bien que vous n'ayez pas l'air loquace. »

Je me mis à rire avec lui. Il fallait m'en faire un ami.

Mais déjà Bertrand revenait; Luc lui parlait. Je n'écoutais pas ce qu'ils disaient. Luc avait une voix lente, de grandes mains. Je me disais : « C'est le type même du séducteur pour petites jeunes filles de mon genre. » Déjà je me mettais en garde. Pas assez pour ne pas avoir un petit coup de déplaisir quand il nous invita à déjeuner pour le surlendemain, mais avec sa femme.

CHAPITRE II

Avant de déjeuner chez Luc, je passai deux journées assez ennuyeuses. Au fond, qu'avais-je à faire ? Travailler un peu un examen qui ne me mènerait pas à grand-chose, traîner au soleil, être aimée, sans grande réciprocité de ma part, par Bertrand. Je l'aimais bien, d'ailleurs. La confiance, la tendresse, l'estime ne me paraissaient pas dédaignables et je pensais peu à la passion. Cette absence d'émotions véritables me semblait être la manière la plus normale de vivre. Vivre, au fond, c'était s'arranger pour être le plus content possible. Et ce n'était pas si facile.

J'habitais une sorte de pension de famille uniquement peuplée d'étudiantes. La direction avait l'esprit large et je pouvais rentrer assez facilement à une ou deux heures du matin. Basse de plafond, ma chambre était grande et complètement nue, car mes projets de décoration du début étaient vite tombés. Je demandais peu à un décor, si ce n'était de ne pas me gêner. Il régnait dans la maison un parfum de province que j'aimais bien. Ma fenêtre donnait sur une cour fermée d'un mur bas, au-dessus de laquelle s'accroupissaient les ciels toujours rognés, maltraités de Paris, qui s'échappaient parfois en fuyantes perspectives au-dessus d'une rue ou d'un balcon, émouvants et doux.

Je me levais, j'allais au cours, je retrouvais Bertrand, nous déjeunions. Il y avait la bibliothèque de la Sorbonne, les cinémas, le travail, les terrasses des cafés, les amis. Le soir nous allions danser, ou bien nous rentrions chez Bertrand, nous nous allongions sur son lit, nous nous aimions et après nous parlions longtemps dans le noir. J'étais bien, et il y avait toujours en moi, comme une bête chaude et vivante, ce goût d'ennui, de solitude et parfois d'exaltation. Je me disais que j'étais probablement hépatique.

Ce vendredi-là, avant de me rendre chez Luc pour déjeuner, je passai chez Catherine et y restai une demi-heure. Catherine était vivante, autoritaire et perpétuellement amoureuse. Je subissais son amitié plutôt que je ne la choisissais. Mais elle me considérait comme quelqu'un de fragile, de désarmé et j'y prenais plaisir. Souvent même elle me paraissait merveilleuse. Mon indifférence devenait poétique à ses yeux, comme elle l'avait été longtemps à ceux de Bertrand avant que ce subit désir, si exigeant, de possession ne l'eût pris.

Ce jour-là elle était éprise d'un cousin ; elle me fit le long récit de cette idylle. Je lui dis que j'allais déjeuner chez des parents de Bertrand et m'aperçus à ce moment-là que j'avais un peu oublié Luc. Je le regrettai. Pourquoi n'avais-je pas, moi aussi, un de ces interminables et naïfs récits d'amour à faire à Catherine ? Elle ne s'en étonnait même pas. Nous étions déjà tellement figées dans nos rôles respectifs. Elle racontant, moi écoutant, elle conseillant, moi n'écoutant plus.

Cette visite me déprima. Je me rendis chez Luc

sans grand enthousiasme. Même avec effroi : il allait falloir parler, être aimable, se recréer à leurs yeux. J'aurais voulu déjeuner seule, tourner un pot de moutarde entre mes mains, être vague, vague, complètement vague...

Quand j'arrivai chez Luc, Bertrand était déjà là. Il me présenta à la femme de son oncle. Elle avait quelque chose d'épanoui, de très bon, de très beau dans le visage. Grande, un peu lourde, blonde. Belle, enfin, mais sans agressivité. Je pensai que c'était le genre de femmes que beaucoup d'hommes voudraient avoir et garder, une femme qui les rendrait heureux, une femme douce. Etais-je douce ? Il faudrait le demander à Bertrand. Sans doute je lui prenais la main, je ne criais pas, je lui caressais les cheveux. Mais je détestais crier et mes mains aimaient ses cheveux, chauds et drus, comme ceux d'une bête.

Françoise fut tout de suite très gentille. Elle me montra l'appartement qui était luxueux, me versa à boire, m'installa dans un fauteuil avec aisance, attention. La gêne que j'avais ressentie de ma jupe et de mon sweater un peu usés, déformés, s'atténuait. On attendait Luc qui travaillait. Je pensais que je devrais peut-être simuler quelque intérêt pour la profession de Luc, ce que je ne pensais jamais à faire. J'aurais voulu demander aux gens : « Etes-vous amoureux ? Que lisez-vous ? », mais je ne m'inquiétais pas de leur profession... souvent primordiale à leurs yeux.

« Vous avez l'air soucieux, remarqua Françoise en riant. Voulez-vous un peu plus de whisky ?

— Volontiers.

— Dominique a déjà une réputation d'ivrogne, dit Bertrand. Vous savez pourquoi ? »

20

Il se leva d'un bond et vint près de moi, l'air important :

« Elle a la lèvre supérieure un peu courte ; quand elle boit en fermant les yeux, ça lui donne un air de ferveur sans rapport avec le scotch. »

En parlant, il avait pris ma lèvre supérieure entre le pouce et l'index. Il me montrait à Françoise, comme un chiot. Je me mis à rire et il me lâcha. Luc entrait.

Quand je le vis, je me dis, une fois de plus, mais cette fois avec une espèce de douleur, qu'il était très beau. Cela me fit vraiment un peu mal, comme toute chose que je ne pouvais prendre. J'avais rarement le goût de prendre, mais là je pensai très vite que j'aurais voulu attraper ce visage entre mes mains, le serrer dans mes doigts, violemment, presser cette bouche pleine, un peu longue, contre la mienne. Pourtant Luc n'était pas beau. On devait me le dire souvent par la suite. Mais il y avait quelque chose dans ses traits qui faisait que ce visage, aperçu deux fois, m'était mille fois moins étranger que celui de Bertrand, mille fois moins étranger, mille fois plus désirable que celui de Bertrand qui pourtant me plaisait.

Il entra, nous dit bonjour, s'assit. Il pouvait avoir une immobilité étonnante. Je veux dire qu'il y avait quelque chose de tendu, de retenu, dans la lenteur de ses gestes, l'abandon de son corps qui inquiétait. Il regardait Françoise avec tendresse. Je le regardais. Je ne me rappelle plus ce que nous disions. Bertrand et Françoise surtout parlaient. J'éprouve d'ailleurs quelque horreur à me remémorer ces préambules. A ce moment-là, il m'aurait suffi d'un peu de prudence, d'un peu d'espace pour lui échapper. En revanche, il me tarde d'en venir à la première fois où je fus heureuse par lui. La seule pensée de décrire ces premiers moments, de briser un instant l'inertie des mots, m'emplit d'un bonheur amer et impatient.

Il y eut donc ce déjeuner avec Luc et Françoise. Puis, dans la rue, je me mis aussitôt au pas de Luc, qui était rapide, et oubliai celui de Bertrand. Il me prit par le coude pour me faire traverser : cela me gêna, je m'en souviens. Je ne savais plus que faire de mon avant-bras, ni de ma main qui pendait au bout, désolée, comme si, à partir de la main de Luc, mon bras eût été mort. Je ne me rappelais plus comment je faisais avec Bertrand. Plus tard, Françoise et lui nous emmenèrent chez un couturier et m'achetèrent un manteau de drap roux, sans que je sache, dans ma stupéfaction, ni refuser, ni les remercier. Déjà il y avait quelque chose qui allait très vite, qui se précipitait, dès que Luc était là. Le temps retombait ensuite, comme un coup, et il y avait de nouveau les minutes, les heures, les cigarettes.

Bertrand était furieux que j'eusse accepté ce manteau. Quand nous les eûmes quittés, il me fit une scène violente :

« C'est absolument incroyable. N'importe qui t'offrirait n'importe quoi, tu ne refuserais pas! Tu ne serais même pas étonnée!

— Ce n'est pas n'importe qui. C'est ton oncle, répliquai-je avec mauvaise foi. Et de toute manière je ne pouvais pas me payer ce manteau moi-même; il est horriblement cher.

— Tu pouvais t'en passer, je suppose. »

Depuis deux heures je m'étais habituée à ce manteau qui m'allait parfaitement bien et cette dernière phrase me choqua un peu. Il y avait une sorte de logique qui échappait à Bertrand. Je le lui dis, nous

nous disputâmes. Pour finir il m'emmena chez lui, sans dîner, comme à une punition. Une punition qui était pour lui, je le savais, le moment le plus intense, le plus valable de sa journée. Allongé près de moi, il m'embrassait avec une sorte de respect, de tremblement qui m'émouvait et me faisait peur. J'avais mieux aimé la gaieté désinvolte du début, le côté jeune, animal, de nos étreintes. Mais quand il s'allongea sur moi, qu'il me chercha avec impatience, j'oubliai ce qui n'était pas lui, et notre double murmure. C'était Bertrand de nouveau, et cette angoisse, et ce plaisir. Encore aujourd'hui, surtout aujourd'hui, ce bonheur, cet oubli des corps me paraît un incroyable cadeau et d'une telle dérision, si je pense à mes raisonnements, à mes sentiments, à ce que je ne peux, quoi que j'en aie, ne pas appeler l'essentiel.

CHAPITRE III

Il y eut d'autres dîners, tous les quatre, ou avec des amis de Luc. Puis Françoise alla passer dix jours chez des amis. Je l'aimais déjà ; elle portait une extrême attention aux gens, elle avait une grande bonté, de l'assurance dans sa bonté, et, par moments, un effroi de ne pas les comprendre qui, plus que tout, me plaisait. Elle était comme la terre, rassurante comme la terre, parfois enfantine : Luc et elle riaient beaucoup ensemble.

Nous l'accompagnâmes à la gare de Lyon. J'étais moins intimidée qu'au début, presque décontractée ; en somme, tout à fait gaie, car la disparition totale de mon ennui, sur lequel je n'avais pas encore osé mettre un nom, me changeait agréablement. Je devenais vive et parfois drôle ; il me semblait que cet état de choses pourrait durer éternellement. Je m'étais habituée au visage de Luc et les subites émotions qu'il me donnait parfois me semblaient relever de l'esthétique ou de l'affection. A la portière Françoise souriait.

« Je vous le confie », nous dit-elle.

Le train partit. Au retour Bertrand s'arrêta pour acheter je ne sais quel journal politico-littéraire qui lui donnerait prétexte à indignation. Subitement Luc se tourna vers moi et me dit très vite :

« Nous dînons ensemble demain ? »

J'allais lui dire : « Entendu, je vais demander à Bertrand », mais il me coupa : « Je vous téléphonerai » et, se tournant vers Bertrand qui nous rejoignait :

« Quel journal achètes-tu ?

— Je ne l'ai pas trouvé, dit Bertrand. Nous avons un cours maintenant, Dominique ; je crois qu'il faudrait se dépêcher. »

Il m'avait prise par le bras. Il me tenait. Luc et lui se regardaient avec méfiance. Je restai décontenancée. Françoise partie, tout devenait trouble et déplaisant. De cette première marque de l'intérêt de Luc, j'ai gardé un mauvais souvenir, car, je l'ai dit, je m'étais fabriqué de belles œillères. J'eus brusquement envie de retrouver Françoise, comme un rempart. Je comprenais que ce quatuor que nous avions formé n'avait jamais reposé que sur des bases truquées et cela me consternait, car, comme tous les gens facilement menteurs, j'étais sensible aux atmosphères, et sincère en y jouant mon rôle.

« Je vais vous ramener », dit Luc nonchalamment.

Il avait une voiture découverte, rapide, qu'il conduisait bien. Pendant le trajet nous ne dîmes rien, seulement : « A très bientôt », en nous quittant.

« En fin de compte, ce départ me soulage, dit Bertrand. On ne peut pas toujours voir les mêmes gens. »

Cette phrase éliminait Luc de nos projets, mais je ne le lui fis pas remarquer. Je devenais prudente.

« Et puis, continua Bertrand, ils sont quand même un peu vieux, non ? »

Je ne répondis pas et nous allâmes nous asseoir au cours de Brême sur la morale d'Epicure. Je l'écoutai un moment, immobile... Luc voulait dîner seul avec moi. C'était probablement cela le bonheur. J'écartai mes doigts sur le banc, je sentis un petit sourire irrépressible me déformer la bouche. Je détournai la tête pour que Bertrand ne le vît pas. Cela dura une minute. Puis, je me dis : « Tu es flattée, c'est bien normal. » Couper les ponts, barrer les issues, ne pas se laisser prendre, j'avais toujours les bons réflexes de la jeunesse.

Le lendemain je décidai que mon dîner avec Luc devait être drôle et sans conséquences. Je l'imaginais surgissant l'air enflammé et me faisant une déclaration-sur-le-champ. Il arriva un peu en retard, distrait, et je n'eus plus qu'un désir, c'était qu'il montrât quelque trouble de ce tête-à-tête impromptu. Il n'en fit rien, parla tranquillement de choses et d'autres avec une aisance que je finis par partager. C'était probablement la première personne qui me rendît tout confortable et sans le moindre ennui. Puis il me proposa d'aller danser en dînant et me conduisit au *Sonny's*. Là il rencontra des amis qui se joignirent à nous et je pensai que j'étais une petite sotte, bien vaniteuse de l'avoir cru un instant désireux d'une solitude partagée avec moi.

Je m'apercevais aussi, en regardant les femmes qui étaient à notre table, que je manquais d'élégance et de brillant. Bref, de la jeune fille fatale que je m'étais tout un jour imaginé être, il ne resta plus, vers minuit, qu'une loque effondrée, cachant sa robe et appelant intérieurement Bertrand pour qui elle était belle.

Les amis de Luc parlaient de l'aqua-selzer et de ses bienfaits pour les lendemains de fête. Il y avait donc toute une série d'êtres qui prenaient de l'aqua-selzer, qui sentaient leur corps le matin comme un merveilleux jouet, que l'on use en s'amusant, que l'on soigne avec entrain. Peut-être devais-je quitter les livres, les conversations, les promenades à pied et aborder au rivage des plaisirs de l'argent, de la futilité et autres distractions absorbantes. En avoir les moyens et devenir un bel objet. Luc les aimait-il ?

Il se tournait vers moi en souriant, il m'invitait à danser. Il me prit dans ses bras, m'y installa avec douceur, ma tête contre son menton. Nous dansâmes. J'avais conscience de son corps contre le mien.

« Vous trouvez ces gens ennuyeux, n'est-ce pas ? dit-il. Toutes ces femmes pépient beaucoup.

— Je ne connaissais pas de vraie boîte de nuit, dis-je. Ça m'éblouit. »

Il se mit à rire.

« Vous êtes drôle, Dominique. Je vous trouve très plaisante. Allons parler plus loin, venez. »

Nous quittâmes le *Sonny's*. Luc m'emmena dans un bar, rue Marbeuf, et nous commençâmes à boire méthodiquement. En dehors de mon goût pour le whisky, je savais que c'était le seul moyen pour moi de parler un peu. Bientôt Luc m'apparut comme un homme agréable, séduisant et plus du tout terrifiant. J'éprouvais même une tendresse désinvolte pour lui.

Nous en arrivâmes tout naturellement à parler de l'amour. Il me dit que c'était une bonne chose, moins importante qu'on ne le prétendait, mais qu'il fallait être aimé et aimer soi-même assez chaudement pour être heureux. J'opinai de la tête. Il me dit qu'il était très heureux parce qu'il aimait beaucoup Françoise qui l'aimait beaucoup lui-même. Je le félicitai, assurant que ça ne m'étonnait pas, que Françoise et lui étaient des gens très, très bien. Je sombrais dans l'attendrissement.

« Sur ce, dit Luc, si je pouvais avoir une aventure avec vous, ça me plairait beaucoup. »

Je me mis à rire sottement. Je me sentais dépourvue de réactions.

« Et Françoise ? dis-je.

— Françoise, je le lui dirais peut-être. Elle vous aime bien, vous savez.

— Mais justement, dis-je... Et puis, je ne sais pas, on ne dit pas les choses comme ça... »

J'étais indignée. Passer sans cesse d'un état à l'autre finissait par m'épuiser. Il me paraissait à la fois prodigieusement naturel et prodigieusement inconvenant que Luc me proposât son lit.

« D'une certaine façon, dit Luc sérieusement, il y a quelque chose. Je veux dire : entre nous. Dieu sait qu'en général je n'aime pas les petites jeunes filles. Mais nous avons le même personnage. Enfin, je veux dire que ce ne serait pas si bête, ni tellement banal. Et c'est rare. Enfin, vous réfléchirez.

— C'est ça, dis-je, je réfléchirai. »

Je devais avoir l'air lamentable. Luc se pencha vers moi et m'embrassa sur la joue.

« Mon pauvre chéri, dit-il. Vous êtes bien à plaindre. Si encore vous aviez quelques notions de morale élémentaire. Mais vous n'en avez pas plus que moi. Et vous êtes gentille. Et vous aimez bien Françoise. Et vous vous ennuyez moins avec moi qu'avec Bertrand. Ah ! vous voilà bien ! »

Il éclata de rire. J'étais vexée. Par la suite, je devais

toujours me sentir plus ou moins ulcérée quand Luc se mettait, comme il disait, à résumer les situations. Cette fois-là je le laissai voir.

« Ça ne fait rien, dit-il. Rien n'est vraiment important dans cet ordre de choses. Je vous aime bien, je t'aime bien. Nous serons très gais ensemble. Seulement gais.

— Je vous déteste », dis-je.

J'avais pris une voix sépulcrale et nous nous mîmes à rire ensemble. Cette complicité établie en trois minutes me paraissait louche.

« Maintenant, je vais te ramener, dit Luc. Il est très tard. Ou, si tu veux, nous allons sur le quai de Bercy voir le lever du jour. »

Nous allâmes jusqu'au quai de Bercy. Luc arrêta la voiture. Le ciel était blanc sur la Seine assise entre ses grues comme entre ses jouets une enfant triste. Le ciel était blanc et gris aussi ; il montait vers le jour, par-dessus les maisons mortes, les ponts et les ferrailles, lentement, obstinément, dans son effort de tous les matins. Près de moi Luc fumait sans rien dire, le profil immobile. Je tendis la main vers lui, il la prit et nous rentrâmes doucement vers ma pension de famille. Devant la porte il lâcha ma main, je descendis et nous nous sourîmes. Je m'écroulai sur mon lit, pensai qu'il eût fallu me déshabiller, laver mes bas, mettre ma robe sur un cintre et je m'endormis.

CHAPITRE IV

Je me réveillai avec la pénible sensation d'un problème urgent à résoudre. Car enfin, ce que me proposait Luc, c'était bien un jeu, un jeu séduisant, mais qui n'en détruisait pas moins un sentiment sûrement assez solide pour Bertrand et en plus quelque chose de confus en moi, confus mais âpre et, quoi que j'en eusse, opposé au provisoire. Tout au moins à ce provisoire délibéré que me proposait Luc. Et puis, si je ne concevais toute passion, même toute liaison, que brève, je ne pouvais a priori l'admettre comme une nécessité. Comme toute personne qui vit sur des semi-comédies, je ne pouvais les supporter qu'écrites par moi et moi seule.

De plus, je le savais bien, ce jeu — si jeu il y avait, si jeu il peut y avoir entre deux personnes qui se plaisent vraiment et qui peuvent entrevoir l'une par l'autre une faille, même provisoire, à leur solitude — ce jeu était dangereux. Il ne fallait pas sottement me faire plus forte que je n'étais. Du jour où je serais « apprivoisée », comme disait Françoise, admise et supportée entièrement par Luc, je ne pourrais sans souffrir le quitter. Bertrand n'était pas capable d'autre chose que de m'aimer. Je me disais cela avec tendresse pour Bertrand, mais je pensais à Luc sans réticence. Car enfin, tout au moins quand on est jeune, dans cette longue tricherie qu'est la vie, rien ne paraît désespérément souhaitable que l'imprudence. Je n'avais, au reste, jamais rien décidé. J'avais toujours été choisie. Pourquoi, une fois de plus, ne pas me laisser faire ? Il y aurait le charme de Luc, l'ennui quotidien, les soirs. Tout se ferait tout seul ; il était inutile de chercher à savoir.

C'est nantie de cette béate résignation que je me rendis au cours. Je retrouvai Bertrand, les amis ; nous allâmes déjeuner ensemble rue Cujas, et tout ceci, pourtant si quotidien, me parut anormal. Ma vraie place était près de Luc. Je l'éprouvais confusément, tandis que Jean-Jacques, un ami de Bertrand, se lançait dans des sarcasmes à propos de mon air rêveur.

« Ce n'est pas possible, Dominique : tu es amoureuse ! Mais Bertrand, qu'as-tu fait de cette jeune fille distraite ? Une princesse de Clèves ?

— Je n'en sais rien », dit Bertrand.

Je le regardai. Il était rouge et évita mon regard. C'était en effet incroyable : mon complice, mon compagnon depuis un an, devenu brusquement cet adversaire ! J'eus un mouvement vers lui. J'aurais voulu lui dire : « Bertrand, je t'assure, il ne faut pas que tu souffres, c'est trop dommage, je n'aime pas ça. » Bêtement je serais allée jusqu'à ajouter : « Enfin, rappelle-toi, ces jours d'été, ces jours d'hiver, ta chambre, tout cela ne peut être démoli en trois semaines, ce n'est pas raisonnable. » Et j'aurais aimé qu'il me le confirmât avec violence, qu'il me rassurât, qu'il me reprît. Car il m'aimait. Mais ce n'était pas un homme. Chez certains hommes, et chez Luc, on pressentait une force que ni Bertrand ni aucun de ces très jeunes hommes ne possédait. Ce n'était pourtant pas l'expérience...

« Ne fatiguez pas Dominique, dit Catherine avec son autorité habituelle. Viens, Dominique, les hommes sont des brutes, allons prendre le café ensemble. »

Dehors elle m'expliqua que ce n'était pas très important, qu'au fond Bertrand m'était très attaché et que je n'avais pas à m'inquiéter de ces petites crises d'humeur. Je ne protestai pas. Après tout, vis-à-vis de nos amis, il valait mieux que Bertrand ne fût pas humilié. Moi j'étais écœurée de leurs discours, de ces histoires de garçons, de filles, de ces enfantillages soi-disant amoureux, de leurs drames. Mais il y avait Bertrand, la souffrance de Bertrand et cela n'était pas négligeable. Tout allait si vite! Je délaissais à peine Bertrand que déjà ils en discutaient, ils interprétaient, et me poussaient ainsi à brusquer et aggraver, par agacement, ce qui eût pu n'être qu'un égarement passager.

« Tu ne comprends pas, dis-je à Catherine. Il ne s'agit pas de Bertrand.

— Ah! » fit-elle.

Je me retournai vers elle et je vis sur son visage une telle curiosité, une telle manie des conseils, une telle expression de vampirisme que je me mis à rire.

« Je pense au couvent », repris-je gravement.

Là-dessus Catherine s'engagea, sans plus d'étonnement, dans une longue discussion sur les plaisirs de la vie, les petits oiseaux, le soleil, etc. « Tout ce que j'allais laisser et par quelle folie! » Elle me parla aussi des plaisirs du corps en baissant la voix, en chuchotant : « Il faut bien le dire... Ça compte aussi. » Bref elle m'eût, si j'y avais vraiment pensé, précipitée dans la religion par sa description des plaisirs de la vie. Etait-il possible que la vie soit « ça » pour quelqu'un ? Car enfin moi, si je m'ennuyais, du moins m'ennuyais-je passionnément. De plus elle se montra si riche en lieux communs, si prête à l'odieuse promiscuité des filles, aux confidences précises, que je la plantai sur le trottoir avec allégresse. « Et supprimons aussi Catherine, pensai-je gaiement, Catherine et ses dévouements. » Je chantonnais presque de férocité.

Je me promenai une heure, entrai dans six boutiques, discutai avec tout le monde, sans gêne. Je me sentais toute libre, toute gaie. Paris m'appartenait. Paris appartenait aux sans scrupules, aux désinvoltes, je l'avais toujours senti, mais cruellement, par manque de désinvolture. Cette fois, c'était ma ville, ma belle ville dorée et tranchante, la ville « à qui on ne la faisait pas ». J'étais soulevée par quelque chose qui pouvait être de la joie. Je marchais vite. J'avais un poids d'impatience, de sang aux poignets ; je me sentais jeune, ridiculement jeune. Dans ces moments de bonheur fou, j'avais l'impression d'arriver à une vérité beaucoup plus évidente que les pauvres petites vérités rabâchées de mes tristesses.

J'entrai dans un cinéma des Champs-Elysées où l'on jouait de vieux films. Un jeune homme vint s'asseoir près de moi. Un coup d'œil m'apprit qu'il était plaisant, peut-être un peu blond. Bientôt il bougea son coude contre le mien, avança vers mon genou une main prudente : je la saisis au vol, la retins dans la mienne. J'avais envie de rire, d'un rire d'écolière. Les affreuses promiscuités des salles obscures, les étreintes furtives, la honte, qu'était-ce ?

J'avais dans ma main la main chaude d'un jeune homme inconnu, je n'avais rien à faire de ce jeune homme, j'avais envie de rire. Il retourna sa main dans la mienne, avança lentement un genou. Je le regardais faire avec une sorte de curiosité, de peur et d'encouragement. Comme lui, je craignais que ma dignité ne se réveillât, et me sentais devenir la vieille dame qui se lève, excédée, de son fauteuil. Mon cœur battait un peu : était-ce le trouble ou le film ? Le film qui était bon, au reste. On devrait consacrer une salle aux films insignifiants pour les personnes en mal de compagnons. Le jeune homme tourna vers moi un visage interrogateur et, le film étant suédois, donc la pellicule claire, je vis qu'il était effectivement assez beau. « Assez beau, mais pas mon style », pensai-je, tandis qu'il avançait vers le mien un visage précautionneux. Je pensai une seconde aux gens derrière nous qui devaient trouver que... Il embrassait bien, mais en même temps resserrait son genou, avançait sa main, cherchait à prendre de l'avantage, sournoisement, stupidement, un avantage que je ne lui avais pas jusqu'ici refusé. Je me levai et sortis. Il n'y dut rien comprendre.

Je me retrouvai dans les Champs-Elysées avec sur les lèvres le goût d'une bouche étrangère et décidai de rentrer pour lire un nouveau roman.

C'était un très beau livre de Sartre, *L'Age de raison*. Je m'y jetai avec bonheur. J'étais jeune, un homme me plaisait, un autre m'aimait. J'avais à résoudre un de ces stupides petits conflits de jeune fille ; je prenais de l'importance. Il y avait même un homme marié, une autre femme, tout un petit jeu de quatuor qui s'engageait dans un printemps parisien. Je me faisais de tout cela une belle équation sèche, cynique à souhait. De plus, j'étais remarquablement bien dans ma peau. J'acceptais toutes ces tristesses, ces conflits, ces plaisirs à venir, j'acceptais tout d'avance avec dérision.

Je lus ; le soir tomba. Je posai mon livre, appuyai ma tête sur mon bras, regardai le ciel passer du mauve au gris. Je me sentis soudainement faible et désarmée. Ma vie s'écoulait ; je ne faisais rien, je ricanais. Quelqu'un contre ma joue, que je garderais ; que je serrerais contre moi avec la déchirante violence de l'amour. Je n'étais pas assez cynique pour envier Bertrand, mais assez triste pour envier tout amour heureux, toute rencontre éperdue, tout esclavage. Je me levai et sortis.

CHAPITRE V

Les deux semaines qui suivirent, je sortis plusieurs fois avec Luc. Mais toujours avec ses amis. En général c'étaient des voyageurs avec des récits et des têtes assez plaisantes. Luc parlait vite, drôlement, me regardait avec complaisance, conservait cet air distrait et pressé à la fois qui me faisait toujours douter qu'il s'intéressât vraiment à moi. Il me ramenait ensuite à ma porte, descendait de voiture et m'embrassait sur la joue, légèrement, avant de repartir. Il ne parlait plus de ce désir qu'il avait dit avoir de moi et je m'en sentais à la fois soulagée et déçue. Enfin il m'annonça que Françoise rentrait le surlendemain et je me rendis compte que ces deux semaines avaient passé comme un rêve et que je m'étais fait beaucoup de discours pour rien.

Nous allâmes un matin chercher Françoise à la gare, mais sans Bertrand, qui depuis dix jours d'ailleurs me boudait. Je le regrettais, mais en profitais pour mener seule une vie désœuvrée et nonchalante qui me plaisait. Je le savais malheureux de ne plus me voir et cela m'empêchait de l'être vraiment moi-même.

Françoise arriva toute souriante, nous embrassa,

s'écria que nous avions très mauvaise mine, mais que ça tombait bien : nous étions invités à passer le week-end chez la sœur de Luc, laquelle était la mère de Bertrand. Je protestai que je n'étais pas invitée, que d'ailleurs j'étais un peu brouillée avec Bertrand. Luc ajouta que sa sœur l'exaspérait. Mais Françoise arrangea tout : Bertrand avait demandé à sa mère de m'inviter : « Probablement, dit Françoise en riant, pour dissiper cette fameuse brouille. » Quant à Luc, il fallait bien qu'il eût de temps en temps l'esprit de famille.

Elle me regardait en riant et je lui souriais, éperdue de gentillesse. Elle avait grossi. Elle était un peu forte, mais si chaleureuse, si confiante, que j'étais ravie à l'idée qu'il ne se soit rien passé entre Luc et moi et que nous pourrions être heureux, tous les trois ensemble, comme avant. Je retrouverais Bertrand qui, au fond, ne m'ennuyait pas tant et qui était si cultivé, si intelligent. Nous avions été des sages, Luc et moi. Pourtant, en m'asseyant dans la voiture, entre lui et Françoise, je le regardai une seconde comme quelqu'un à qui je renonçais et cela me fit une bizarre petite secousse intérieure, très désagréable.

Par un beau soir nous quittâmes Paris pour nous rendre chez la mère de Bertrand. Je savais que son mari lui avait laissé une fort jolie maison de campagne, et l'idée d'aller quelque part passer un week-end satisfaisait chez moi un certain snobisme de mots que je n'avais pas eu jusque-là l'occasion d'exercer. Bertrand m'avait expliqué que sa mère était une très aimable personne. Ce disant, il prenait l'air distrait qu'affectionnent les jeunes gens en parlant de leurs parents, pour bien marquer que leur véritable vie est ailleurs. Je m'étais engagée dans les frais d'un pantalon de toile, ceux de Catherine étant vraiment trop larges pour moi. Cette acquisition compromettait mon budget, mais je savais que Luc et Françoise pourvoiraient à mes besoins, si besoin était. Je m'étonnais de ma facilité à l'admettre, mais comme toute personne portée à s'entendre avec elle-même, tout au moins pour les petites choses, j'avais attribué cette facilité bien plus à la délicatesse de leur générosité qu'à mon indélicatesse. Il est d'ailleurs plus sain de prêter des qualités aux autres que de se reconnaître des défauts.

Luc vint nous chercher avec Françoise dans un café du boulevard Saint-Michel. Il semblait de nouveau fatigué et un peu triste. Sur l'autoroute il se mit à conduire très vite, presque dangereusement. Bertrand fut pris d'une sorte de fou rire d'effroi que je partageai bientôt et Françoise se retourna en nous entendant rire. Elle avait cet air décontenancé des gens très aimables qui n'osent jamais protester, serait-ce pour défendre leur vie.

« Pourquoi riez-vous ?

— Ils sont jeunes, dit Luc. Vingt ans, c'est encore l'âge des fous rires. »

Je ne sais pourquoi cette phrase me déplut. Je n'aimai pas que Luc nous traitât, Bertrand et moi, comme un couple, surtout un couple d'enfants.

« C'est un fou rire nerveux, dis-je. Parce que vous conduisez vite et qu'on ne se sent pas fiers.

— Tu viendras avec moi, dit Luc, je t'apprendrai à conduire. »

C'était la première fois qu'il me tutoyait en public. C'est peut-être ce qu'on appelle la gaffe, pensai-je. Françoise regarda Luc une seconde. Puis cette idée de gaffe me parut ridicule. Je ne croyais pas aux gaffes révélatrices, aux regards interceptés, aux intuitions foudroyantes. Il y avait une phrase qui me surprenait toujours dans les romans : « Et subitement elle sut qu'il lui mentait. »

Nous arrivions. Luc tourna brusquement dans un petit chemin et je fus projetée contre Bertrand. Il me retint contre lui, solidement, tendrement, et j'en fus très gênée. Je ne supportais pas que Luc nous vît ainsi. Cela me parut grossier et, bien sottement d'ailleurs, indélicat à son égard.

« Vous avez l'air d'un oiseau », me dit Françoise.

Elle s'était retournée et nous regardait. Elle avait vraiment un bon regard, de très bon goût. Elle n'avait pas pris cet air complice et approbateur des dames mûres devant les couples d'adolescents. Elle semblait simplement dire que j'étais assez bien dans les bras de Bertrand, que j'étais attendrissante. Il me plaisait assez d'être attendrissante, ça m'évitait souvent de croire, de penser, de répondre.

« Un vieil oiseau, dis-je. Je me sens vieille.

— Moi aussi, dit Françoise. Mais ça s'explique mieux. »

Luc tourna la tête vers elle avec un petit sourire. Je pensai soudain : « Ils se plaisent ; ils couchent encore ensemble, sûrement. Luc dort à côté d'elle, s'étend contre elle, l'aime. Pense-t-il aussi que Bertrand dispose de mon corps ? L'imagine-t-il ? En est-il, comme moi de lui, vaguement jaloux ? »

« Et nous voilà à la maison, dit Bertrand. Il y a une autre voiture ; je crains que ma mère n'ait quelques-uns de ses invités habituels.

— Auquel cas nous repartons, répliqua Luc. J'ai horreur des invités de ma chère sœur. Je connais une charmante auberge à deux pas d'ici.

« — Voyons, dit Françoise, assez de mauvais esprit. Cette maison est charmante et Dominique ne la connaît pas. Venez, Dominique. »

Elle me prit par la main et m'emmena vers une assez belle maison, entourée de pelouses. Je la suivis en me disant que j'avais failli en somme faire le très vilain geste de la tromper avec son mari et que pourtant je l'aimais beaucoup, que j'aimerais mieux faire n'importe quoi plutôt que la peiner. Evidemment, elle ne l'aurait pas su.

« Vous voilà enfin », dit une voix aiguë.

La mère de Bertrand surgissait d'une haie. Je ne l'avais jamais vue. Elle me jeta un de ces coups d'œil investigateurs comme ne peuvent en avoir que les mères des jeunes gens pour les jeunes filles qu'ils leur présentent. Elle me parut, avant tout, blonde et un peu criarde. Aussitôt elle se mit à tourner autour de nous en pépiant ; je me sentis vite excédée. Luc la regardait comme une catastrophe. Bertrand semblait un peu gêné, ce qui me poussa à faire l'aimable. Enfin je me retrouvai dans ma chambre avec soulagement. Le lit était très haut, avec des draps rugueux, comme ceux de mon enfance. J'ouvris ma fenêtre sur des arbres verts, bruissants, tandis qu'une violente odeur de terre mouillée, d'herbe, envahissait la pièce.

« Ça te plaît ? » demanda Bertrand.

Il avait un air confus et content à la fois. Je pensai que pour lui ce week-end avec moi chez sa mère devait être quelque chose d'assez important et compliqué. Je lui souris :

« Tu as une très jolie maison. Quant à ta mère, je ne la connais pas, mais elle a l'air gentille.

— Bref, ça ne te déplaît pas. D'ailleurs, je suis à côté. »

Il eut un rire complice que je partageai. J'aimais bien les maisons inconnues, les salles de bains en carreaux blancs et noirs, les grandes fenêtres, les jeunes hommes impérieux. Il me prit contre lui, m'embrassa la bouche doucement. Je connaissais son souffle, sa manière d'embrasser. Je ne lui avais pas parlé du jeune homme du cinéma. Il l'eût mal pris. Moi aussi, maintenant, je le prenais mal. A distance cela me laissait un souvenir un peu honteux, à la fois comique et trouble, somme toute déplaisant. J'avais été quelqu'un de drôle et de libre un après-midi ; je ne l'étais plus.

« Viens dîner », dis-je à Bertrand qui se penchait pour m'embrasser une nouvelle fois, les yeux un peu dilatés. J'aimais qu'il me désirât. En revanche je m'aimais peu. Ce style jeune fille sauvage et froide petite jeune fille « *j'ai le cœur noir et les dents blanches* » me paraissait une comédie pour vieux messieurs.

Le dîner fut mortel. Il y avait effectivement des amis de la mère de Bertrand : un couple bavard et dans le mouvement. Au dessert le mari, qui s'appelait Richard et présidait je ne sais quel conseil d'administration, ne put s'empêcher d'entamer le classique refrain :

« Et vous, jeune fille, êtes-vous une de ces malheureuses existentialistes ? En fait, ma chère Marthe — il s'adressait à présent à la mère de Bertrand —, ces jeunes gens désabusés me dépassent. A leur âge, que diable, on aimait la vie ! De mon temps on s'amusait, on faisait un peu la foire, mais gaiement, ça, je vous le jure. »

Sa femme et la mère de Bertrand riaient d'un air entendu. Luc bâillait, Bertrand préparait un discours qui ne serait pas écouté. Avec sa bonne volonté habituelle Françoise essayait visiblement de comprendre pourquoi ces gens étaient si ennuyeux. Quant à moi, c'était la dixième fois que des messieurs roses et gris me faisaient le coup de leur bonne et saine humeur en mâchonnant, avec un délice d'autant plus grand qu'ils en ignoraient le sens, le mot « existentialisme ». Je ne répondis pas.

« Mon cher Richard, dit Luc, je crains que ce ne soit guère qu'à votre âge — je veux dire : à notre âge — qu'on fasse la foire. Ces jeunes gens font l'amour : c'est aussi bien. Il faut une secrétaire, un bureau, pour pouvoir faire la foire. »

Le bon vivant ne répliqua pas. Le reste du dîner se passa sans éclat, tout le monde parlant plus ou moins, sauf Luc et moi ; Luc était le seul qui s'ennuyât aussi violemment que moi, et je me demandais si ce n'était pas là notre première complicité : cette espèce d'inaptitude à l'ennui.

Après dîner, comme le temps était doux, nous passâmes sur la terrasse ; Bertrand alla chercher du whisky. Luc me recommanda à mi-voix de ne pas trop en boire :

« De toute manière je me tiens bien, répliquai-je, vexée.

— Je serais jaloux, reprit-il. Je voudrais que tu t'enivres et ne dises des bêtises qu'avec moi.

— Et le reste du temps que ferais-je ?

— Une triste figure, comme au dîner.

— Et vous, dis-je, votre figure à vous, pensez-vous qu'elle était gaie ?... Vous ne devez pas être de la bonne génération, contrairement à vos dires. »

Il se mit à rire.

« Viens faire un tour dans le jardin avec moi.

— Dans le noir ? Et Bertrand et les autres... »
J'étais affolée.

« Ils nous ont assez ennuyés. Allez viens. »

Il me prit par le bras, se retourna vers les autres. Bertrand n'était pas encore revenu avec le whisky. Je pensai vaguement qu'à son retour il partirait à notre recherche, nous rejoindrait sous un arbre, tuerait peut-être Luc, comme dans *Pelléas et Mélisande*.

« J'emmène cette jeune fille faire une promenade sentimentale », dit-il à la cantonade.

Je ne me retournai pas, mais j'entendis le rire de Françoise. Luc m'entraînait dans une allée qui semblait blanche au départ dans ses graviers et s'enfonçait dans le noir. J'eus brusquement très peur. J'avais envie d'être chez mes parents, au bord de l'Yonne.

« J'ai peur », dis-je à Luc.

Il ne rit pas mais me prit la main. J'aurais voulu qu'il fût toujours ainsi, silencieux, un peu grave, protecteur et tendre. Qu'il ne me quitte pas, qu'il me dise qu'il m'aimait, qu'il me chérisse, qu'il me prenne dans ses bras. Il s'arrêta, me prit dans ses bras. J'étais contre son veston, les yeux fermés. Et tous ces derniers temps n'avaient été qu'une longue fuite devant cet instant-là ; et ces mains qui relevaient mon visage et cette bouche chaude, douce, si bien faite pour la mienne. Il avait laissé ses doigts autour de mon visage et il les resserrait durement tandis que nous nous embrassions. Je passai mes bras autour de son cou. J'avais peur de moi, de lui, de tout ce qui n'était pas ce moment-là.

J'aimai tout de suite sa bouche, beaucoup. Il ne disait pas un mot, mais m'embrassait, redressant parfois la tête pour reprendre souffle. Je voyais alors son visage au-dessus du mien, dans la pénombre, distrait et concentré à la fois, comme un masque. Puis il revenait sur moi, très lentement. Très vite je ne distinguai plus son visage et je fermai les yeux sous la chaleur qui envahissait mes tempes, mes paupières, ma gorge. Quelque chose apparaissait en moi, que je ne connaissais pas, qui n'avait pas la hâte, l'impatience du désir, mais qui était heureux et lent, et trouble.

Luc se détacha de moi et je trébuchai un peu. Il me prit par le bras et, sans un mot, nous fîmes le tour du jardin. Je me disais que j'aurais aimé l'embrasser jusqu'à l'aube, sans un autre geste. Bertrand avait très vite épuisé les baisers : le désir les rendait bientôt inutiles à ses yeux; ils n'étaient qu'une étape vers le plaisir, non quelque chose d'inépuisable, de suffisant, comme Luc me l'avait fait entrevoir.

« Ton jardin est superbe, dit Luc en souriant à sa sœur. Il est malheureusement un peu tard.

— Il n'est jamais trop tard », dit Bertrand sèchement.

Il me fixait. Je détournai les yeux. Ce que je voulais c'était être seule, dans le noir de ma chambre, pour pouvoir me rappeler et comprendre ces quelques instants dans le parc. Je les mettrais donc à l'écart pendant tout ce temps de la conversation, je serais dans une grande absence; puis je monterais dans ma chambre avec ce souvenir. Je m'étendrais bien à plat, les yeux ouverts, et je le tournerais et le retournerais longtemps devant moi pour le détruire ou le laisser devenir quelque chose d'essentiel. Ce soir-là je fermai ma porte, mais Bertrand n'y vint pas frapper.

CHAPITRE VI

La matinée passa lentement. Le réveil avait été très agréable, très doux, comme un des réveils de mon enfance. Mais ce n'était pas une de ces longues journées jaunes et solitaires, entrecoupées de lecture, qui m'attendait : c'étaient « les autres ». Les autres, vis-à-vis desquels j'avais un rôle à jouer, un rôle dont j'étais responsable. Cette responsabilité, cette activité me prirent à la gorge tout d'abord et je replongeai dans mon oreiller avec une impression de malaise physique. Puis je me souvins de la soirée de la veille, des baisers de Luc et quelque chose se déchira doucement en moi.

La salle de bains était merveilleuse. Une fois dans l'eau je me mis à chantonner gaiement : « Et maintenant il s'agit, il s'agit, de prendre une décision, décision », sur un air de jazz. Quelqu'un frappa vigoureusement à la cloison.

« Pourrait-on laisser dormir les honnêtes gens ? »

C'était une voix joyeuse, la voix de Luc. Nous aurions pu, si j'étais née dix ans plus tôt, avant Françoise, vivre ensemble et il m'aurait empêchée en riant de chanter le matin et nous aurions dormi ensemble et nous aurions pu être heureux, très longtemps, au lieu de nous trouver dans une impasse. Car c'était bien une impasse et peut-être était-ce pour cela que nous ne nous y engagions pas, malgré nos belles indifférences ennuyées. Il fallait le fuir, s'en aller : je sortis de mon bain. Mais pour trouver un peignoir pelucheux qui sentait les vieilles armoires de campagne et dans lequel je m'entortillai en me disant que le bon sens consistait à laisser les choses se faire ou ne pas se faire, qu'il ne fallait pas toujours disséquer, mais être tranquille, brave : j'en ronronnais de mauvaise foi.

J'essayai le pantalon de toile que j'avais acheté et me regardai dans la glace. Je ne me plaisais pas, j'étais mal coiffée, avec un visage pointu et l'air gentil. J'aurais aimé un visage régulier avec des tresses, l'œil sombre des jeunes filles destinées à faire souffrir les hommes, un visage sévère et charnel à la fois. En renversant la tête en arrière j'avais peut-être l'air voluptueux, mais quelle femme dans cette attitude ne l'eût pas eu ? Et puis ce pantalon était ridicule ; j'avais l'air trop étroite : jamais je n'oserais descendre ainsi. C'était une forme de désespoir que je connaissais bien ; ma propre image me déplaisait tant que j'étais odieuse toute la journée si je me décidais à sortir.

Mais Françoise entra et arrangea tout.

« Ma petite Dominique, que vous êtes charmante ainsi ! Vous avez l'air encore plus jeune et plus vif. Vous êtes un remords vivant pour moi. »

Elle s'était assise sur mon lit et se regardait dans la glace.

« Pourquoi un remords ? »

Elle me répondit sans me regarder :

« Je mange trop de gâteaux sous prétexte que j'aime les gâteaux. Et puis, il y a ces rides, là. »

Elle avait des rides assez sévères au coin des yeux. J'y posai mon index :

« Moi, je trouve ça merveilleux, dis-je tendrement. Toutes les nuits, tous les pays, tous les visages qu'il a fallu pour avoir ces deux minuscules petites lignes-là... Vous y gagnez. Et puis ça donne l'air vivant. Et puis, je ne sais pas, moi, je trouve ça beau, expressif, troublant. J'ai horreur des têtes lisses. »

Elle éclata de rire :

« Pour me consoler, vous provoqueriez la faillite des instituts de beauté. Vous êtes une gentille Dominique. Une très gentille. »

J'avais honte.

« Je ne suis pas si gentille que ça.

— Je vous vexe ? Les jeunes gens ont horreur d'être gentils. Mais vous ne dites jamais rien de désagréable, ni d'injuste. Et vous aimez bien les gens. Donc, je vous trouve parfaite.

— Je ne le suis pas. »

Il y avait très longtemps que je n'avais pas parlé de moi. C'était pourtant un sport que j'avais beaucoup pratiqué jusqu'à dix-sept ans. Mais je ressentais une espèce de lassitude. En fait je ne pouvais m'intéresser à moi, m'aimer, que si Luc m'aimait, si Luc s'intéressait à moi. Cette dernière pensée était stupide.

« J'exagère, dis-je tout haut.

— Et vous êtes incroyablement distraite, dit Françoise.

— Parce que je n'aime pas », dis-je.

Elle me regarda. Quelle tentation m'envahissait ? Lui dire : « Françoise, je pourrais aimer Luc, je vous aime beaucoup aussi, prenez-le, emmenez-le. »

« Et Bertrand, c'est vraiment fini ? »

Je haussai les épaules :

« Je ne le vois plus. Je veux dire : je ne le regarde plus.

— Vous devriez peut-être le lui dire ? »

Je ne répondis pas. Que dire à Bertrand ? « Je ne veux plus te voir ? » Mais je voulais bien le voir. Je l'aimais bien. Françoise sourit :

« Je comprends. Rien n'est facile. Venez déjeuner. J'ai vu rue Caumartin un jersey qui serait ravissant avec ce pantalon. Nous irons le voir ensemble et... »

Nous parlions gaiement toilette en descendant l'escalier. Ce genre de sujet ne me passionnait pas, mais j'aimais parler comme ça, pour ne rien dire, suggérer un adjectif, me tromper pour qu'elle s'indigne, rire. En bas Luc et Bertrand déjeunaient. Ils parlaient de bain.

« Nous pourrions aller à la piscine ? »

C'était Bertrand qui parlait. Il devait penser qu'il résisterait mieux que Luc à ce premier soleil. Mais peut-être n'avait-il pas de sentiments si bas ?

« C'est une excellente idée. En même temps j'apprendrai à conduire à Dominique.

— Pas de folies, pas de folies, dit la mère de Bertrand qui entrait dans la pièce vêtue d'une somptueuse robe de chambre Vous avez bien dormi ? Et toi, mon tout petit ? »

Bertrand prit l'air gêné. Il avait un air digne qui lui allait mal. Je l'aimais gaı. On aime bien que les gens auxquels on fait du mal soient gais. Ça dérange moins.

Luc se levait. Il ne supportait visiblement pas la présence de sa sœur. Cela me faisait rire. J'avais eu aussi des sortes de haines physiques, mais que j'étais obligée de cacher. Il y avait quelque chose d'enfantin chez Luc.

« Je vais prendre mon maillot là-haut. »

Dans un remue-ménage chacun commença à chercher ses affaires. Enfin nous fûmes tous prêts. Bertrand partit avec sa mère dans la voiture de leurs amis et nous nous retrouvâmes tous les trois.

« Conduis », dit Luc.

J'avais d'assez vagues notions et cela ne se passa pas trop mal. Luc était à côté de moi et, derrière, Françoise, inconsciente du danger, parlait. J'eus de nouveau une violente nostalgie de ce qui aurait pu être : les longs voyages avec Luc à mes côtés, la route blanche sous les phares, la nuit, moi appuyée contre l'épaule de Luc, Luc si solide au volant, si rapide. Les aubes dans la campagne, les crépuscules sur la mer...

« Vous savez, je n'ai jamais vu la mer... »

Ce fut un tollé.

« Je te la montrerai », dit Luc doucement.

Et, se tournant vers moi, il me sourit. C'était comme une promesse. Françoise ne l'avait pas entendu ; elle continuait :

« La prochaine fois que nous irons, Luc, il faut l'emmener. Elle dira : "Que d'eau, que d'eau !" comme je ne sais plus qui.

— Je commencerai probablement par me baigner, dis-je. Je parlerai après.

— Vous savez que c'est vraiment très beau, dit Françoise. Les plages sont jaunes, avec des rochers rouges, et toute cette eau bleue qui arrive dessus...

— J'adore tes descriptions, dit Luc en riant : jaune, bleu, rouge. Comme une écolière. Une jeune écolière, bien sûr, ajouta-t-il sur un ton d'excuse en se tournant vers moi. Il y a de vieilles écolières, très, très calées. Tournez à gauche, Dominique ; si vous pouvez... »

Je pouvais. Nous arrivâmes sur une pelouse. Au milieu de la pelouse il y avait une grande piscine pleine d'une eau bleu clair qui me gela d'avance.

Nous fûmes vite sur le bord, en maillot de bain. J'avais rencontré Luc comme il sortait de sa cabine ; il avait l'air mécontent. Je lui en demandai la raison et il me fit un petit sourire gêné :

« Je ne me trouve pas beau. »

Il ne l'était d'ailleurs pas. Il était grand et maigre, un peu voûté, et pas très brun. Mais il avait l'air si malheureux, il tenait si précautionneusement sa serviette devant lui, il faisait si « âge ingrat » que j'en fus attendrie.

« Voyons, voyons, repris-je sur un ton allègre, vous n'êtes pas si laid que ça ! »

Il me jeta un coup d'œil oblique, presque choqué, et éclata de rire.

« Toi, tu commences à me manquer de respect ! »

Puis il se mit à courir et se jeta dans l'eau. Il en émergea aussitôt en poussant des cris de détresse et Françoise vint s'asseoir sur la margelle. Elle était mieux ainsi qu'habillée, elle avait l'air d'une statue du Louvre.

« C'est atrocement froid, disait Luc, la tête hors de l'eau. Il faut être fou pour se baigner en mai.

— En avril ne te découvre pas d'un fil. En mai, fais ce qu'il te plaît », émit sentencieusement la mère de Bertrand.

Mais dès qu'elle eut tâté l'eau du pied, elle partit se rhabiller. Je regardais cette joyeuse troupe pépiante, blanchâtre et agitée, autour de la piscine, et je me sentais envahie d'une douce hilarité en même temps que de l'éternelle petite pensée : « Mais que fais-je donc ici ? »

« Tu te baignes? » demandait Bertrand.

Il était devant moi sur un pied et je le regardais avec approbation. Je savais qu'il faisait des haltères tous les matins : nous avions passé une fois un week-end ensemble et, prenant ma somnolence pour un profond sommeil, il avait exécuté à l'aube des mouvements divers devant la fenêtre, mouvements qui, sur le coup, m'avaient fait rire silencieusement aux larmes, mais semblaient lui avoir réussi. Il avait un petit air sain et propret.

« C'est une chance pour nous d'avoir la peau mate, dit-il. Regarde les autres.

— Allons à l'eau », dis-je. J'avais peur qu'il ne se livrât à des considérations exaspérées sur sa mère qui l'excédait.

Je me mis à l'eau avec la plus grande répugnance, fis le tour de la piscine pour l'honneur et sortis en grelottant. Françoise me frotta avec une serviette. Je me demandai pourquoi elle n'avait pas eu d'enfant, elle si visiblement faite pour la maternité, avec ses hanches larges, son corps épanoui, sa douceur. C'était trop dommage.

CHAPITRE VII

Deux jours après ce week-end, j'avais rendez-vous avec Luc à six heures. Il me semblait qu'il y aurait désormais entre nous quelque chose d'irréparable, quelque chose d'irrespirable dans tout nouvel essai de futilité. J'étais prête, enfin, telle une jeune fille du XVIIe siècle, à lui demander réparation pour un baiser.

Nous avions rendez-vous dans un bar du quai Voltaire. A ma surprise Luc était déjà là. Il avait très mauvaise mine, l'air fatigué. Je m'assis près de lui et il commanda aussitôt deux whiskies. Puis il me demanda des nouvelles de Bertrand.

« Il va bien.

— Il souffre ? »

Il ne posait pas la question sur un ton railleur, mais tranquille.

« Pourquoi souffrirait-il ? demandai-je bêtement.

— Il n'est pas sot.

— Je ne comprends pas pourquoi vous me parlez de Bertrand. C'est... euh...

— C'est secondaire ? »

Il avait cette fois posé la question d'une voix ironique. Je m'impatientai :

« Ce n'est pas secondaire, mais enfin ce n'est pas très grave. Tant qu'à parler de choses graves, parlons plutôt de Françoise. »

Il éclata de rire :

« C'est drôle, tu verras. Dans ce genre d'histoires, le... enfin disons le partenaire de l'autre vous paraît un obstacle plus sérieux que le vôtre propre. C'est assez affreux à dire, mais quand on connaît quelqu'un, on connaît aussi sa manière de souffrir et ça paraît assez acceptable. Enfin acceptable, non ; mais connu, donc moins effrayant.

— Je connais mal la manière de souffrir de Bertrand...

— Tu n'as pas eu le temps. Moi, il y a dix ans que je suis marié. J'ai donc vu souffrir Françoise. C'est très désagréable. »

Nous restâmes un instant immobiles. Tous deux nous évoquions probablement Françoise souffrant. Dans mon esprit, cela donnait Françoise tournée contre un mur.

« C'est idiot, dit Luc enfin. Mais tu comprends, c'est moins simple que je ne le pensais. »

Il prit son whisky et l'avala en renversant la tête. Je me sentais au cinéma. J'essayais de me dire que ce n'était pas le moment d'être en dehors du coup, mais j'étais dans une impression de totale irréalité. Luc était là, il allait décider, tout allait bien.

Il se pencha un peu en avant, son verre vide entre ses mains, y faisant tourner la glace d'un mouvement régulier. Il parlait sans me regarder.

« J'ai eu des aventures, bien sûr. Françoise les a, le plus souvent, ignorées. Sauf quelques malheureuses fois. Ce n'était jamais bien sérieux. »

Il se redressa avec une espèce de colère :

« Toi non plus d'ailleurs, ce n'e[...]
Rien n'est très sérieux. Rien ne [...]
çoise. »

Je l'écoutais sans souffrir, je ne [...]
Il me semblait assister à un cou[...]
sans rapport avec moi.

« Mais c'est différent. Au déb[...]
comme un homme de mon genre [...]
petite jeune fille féline et butée et [...]
dit d'ailleurs. Je voulais t'apprivois[...] passer une nuit
avec toi. Je ne pensais pas... »

Brusquement il se tourna vers moi, me prit les
mains, me parla avec douceur. Je regardais son visage
de très près, j'en détaillais toutes les lignes, j'écoutais
passionnément ce qu'il disait, j'étais enfin douée
d'une attention sans failles, délivrée de moi-même.
Sans petite voix intérieure.

« Je ne pensais pas que je pouvais t'estimer. Je
t'estime beaucoup, Dominique, je t'aime beaucoup.
Je ne t'aimerai jamais "pour de vrai", comme disent
les enfants, mais nous sommes pareils, toi et moi. Je
n'ai plus seulement envie de coucher avec toi, j'ai
envie de vivre avec toi, de partir avec toi en vacances.
Nous serions très contents, très tendres, je t'appren-
drais la mer, et l'argent, et une certaine forme de
liberté. Nous nous ennuierions moins. Voilà.

— Je voudrais bien aussi, dis-je.

— Après je reviendrais à Françoise. Qu'est-ce que
tu risques ? De t'attacher à moi, de souffrir, après ?
Mais quoi ? Ça vaut mieux que de t'ennuyer. Tu
aimes mieux être heureuse et malheureuse que rien,
non ?

— Evidemment, dis-je.

— Qu'est-ce que tu risques ? répéta Luc comme
pour s'en convaincre.

— Et puis souffrir, souffrir, il ne faut rien exagérer, repris-je. Je n'ai pas le cœur si tendre.

— Bon, dit Luc. On verra, on réfléchira. Parlons d'autre chose. Veux-tu un autre verre? »

Nous bûmes à notre santé. Ce que je voyais de plus clair, c'est que nous allions peut-être partir ensemble, en voiture, comme je l'avais imaginé et cru impossible. Et puis je me débrouillerais bien pour ne pas m'attacher à lui, sachant les ponts coupés d'avance. Je n'étais pas aussi folle.

Nous allâmes nous promener sur les quais. Luc riait avec moi, parlait. Je riais aussi, je me disais qu'avec lui il faudrait toujours rire, et je m'y sentais assez disposée. « Le rire est le propre de l'amour », disait Alain. Mais il n'était pas question d'amour, simplement d'accord. Et puis enfin, j'étais assez fière : Luc pensait à moi, il m'estimait, me désirait : je pouvais me concevoir comme un peu drôle, estimable, désirable. Le petit fonctionnaire de ma conscience qui, dès que je pensais à moi-même, m'en renvoyait une image minable, était peut-être trop dur, trop pessimiste.

Quand j'eus quitté Luc, j'entrai dans un bar et bus un autre whisky avec les quatre cents francs qui devaient assurer mon dîner. Au bout de dix minutes j'étais merveilleusement bien, je me sentais tendre, bonne, plaisante. Il me fallait rencontrer quelqu'un pour qu'il en profite, que je lui explique toutes les choses dures, douces et aiguës que je savais sur la vie. J'aurais pu parler des heures. Le barman était gentil, mais sans intérêt. Aussi me rendis-je au café de la rue Saint-Jacques. J'y rencontrai Bertrand. Il était seul avec quelques soucoupes. Je m'assis près de lui et il eut l'air enchanté de me voir.

« Je pensais justement à toi. Il y a un nouvel orchestre de bop au *Kentucky*. Si on y allait ? Il y a un temps fou qu'on n'a pas dansé.

— Pas un sou, fis-je piteusement.

— Ma mère m'a donné dix mille francs l'autre jour. On va boire encore quelques verres et on y va.

— Mais il n'est que huit heures, objectai-je. Ça n'ouvre qu'à dix heures.

— On boira plusieurs verres », dit Bertrand gaiement.

J'étais ravie. J'aimais beaucoup danser les figures rapides du bop avec Bertrand. La boîte à disques jouait un air de jazz qui me faisait bouger les jambes. Quand Bertrand eut payé les consommations, je me rendis compte qu'il avait dû pas mal boire. Il était tout gai. D'ailleurs c'était mon meilleur ami, mon frère, je l'aimais profondément.

Nous fîmes cinq ou six bars jusqu'à dix heures. A la fin nous étions parfaitement ivres. Follement gais, même pas sentimentaux. Quand nous arrivâmes au *Kentucky*, l'orchestre avait commencé à jouer, il n'y avait presque personne et nous avions la piste pour nous tout seuls ou presque. Contrairement à mes prévisions, nous dansions très bien ; nous étions très détendus. Plus que tout j'aimais cette musique, l'élan qu'elle me donnait, ce plaisir de tout mon corps à la suivre.

Nous ne nous asseyions que pour boire.

« La musique, dis-je confidentiellement à Bertrand, la musique de jazz, c'est une insouciance accélérée. »

Il se redressa brusquement :

« C'est tout à fait ça. Très, très intéressant. Formule excellente. Dominique, bravo !

— N'est-ce pas ? dis-je.

— Whisky infect au *Kentucky*. Bonne musique néanmoins. Musique égale : insouciance... Insouciance de quoi ?

— Je ne sais pas. Ecoute, la trompette, ce n'est pas seulement insouciant, c'est nécessaire. Il fallait qu'il aille jusqu'au bout de cette note, tu as senti ? Nécessaire. C'est comme l'amour, tu sais, l'amour physique, il y a un moment où il faut que... Où il n'en peut pas être autrement.

— Parfaitement. Très, très intéressant. On danse ? »

Nous passâmes la nuit, à boire et à échanger des onomatopées. A la fin, c'était un vertige de visages, de pieds, et le bras de Bertrand qui m'envoyait très loin de lui, et la musique qui me relançait à sa rencontre, et cette incroyable chaleur et cette incroyable souplesse de nos corps...

« On ferme, dit Bertrand. Il est quatre heures.

— C'est fermé aussi chez moi, remarquai-je.

— Ça ne fait rien », dit-il.

Il était vrai que ça ne faisait rien. Nous allions rentrer chez lui, nous étendre sur son lit et il serait très normal que, comme tout l'hiver, j'aie sur moi, cette nuit, le poids de Bertrand et que nous soyons heureux ensemble.

CHAPITRE VIII

J'étais allongée contre lui, dans le matin, et il dormait, sa hanche contre ma hanche. Il devait être tôt ; je ne pouvais me rendormir et je me disais que pas plus que lui, enfoncé dans ses rêves, je n'étais là. C'était comme si mon véritable moi eût été très loin, bien après des maisons de banlieue, des arbres, des champs, des enfances, immobile au bout d'une allée. Comme si cette jeune fille penchée sur ce dormeur n'eût été qu'un pâle reflet de ce moi tranquille, inexorable, dont déjà, d'ailleurs, je m'écartais pour vivre. Comme si à un moi-même éternel j'eusse préféré ma vie, laissant cette statue au bout d'une allée, dans la pénombre, avec sur ses épaules, comme des oiseaux, toutes ses vies possibles et refusées.

Je m'étirai, je m'habillai... Bertrand s'éveillait, me questionnait, bâillait, passait la main sur ses joues et son menton, se plaignait de sa barbe. Je lui donnai rendez-vous pour le soir et regagnai ma chambre pour y travailler. En vain. Il faisait atrocement chaud, il allait être midi. Je devais déjeuner avec Luc et Françoise : ce n'était pas la peine, pour une heure, de me mettre au travail. Je ressortis acheter un paquet de cigarettes, je rentrai, en fumai une et me rendis compte brusquement, en l'allumant, que je n'avais pas vécu un seul de mes gestes de toute la matinée. Qu'il n'y avait rien eu pendant des heures que ce vague instinct de conservation de mes habitudes. Rien, pas un moment. Et où l'aurais-je trouvé? Je ne croyais pas au merveilleux sourire humain dans l'autobus, ni à la vie palpitante de la rue et je n'aimais pas Bertrand. Il me fallait quelqu'un ou quelque chose. Je me disais cela en allumant ma cigarette, presque à voix haute : « Quelqu'un ou quelque chose » et cela me paraissait mélodramatique. Mélodramatique et drôle. Ainsi, comme Catherine, j'avais des moments d'exaspération sentimentale. J'aimais l'amour et les mots qui se rapportaient à l'amour, « tendre, cruel, doux, confiant, excessif », et je n'aimais personne. Luc, peut-être, quand il était là. Mais je n'osais penser à lui depuis la veille. Je n'aimais pas ce goût de renonciation qui m'emplissait la gorge quand je me le rappelais.

J'attendais Luc et Françoise quand ce bizarre vertige, qui me mena rapidement au lavabo, me prit. Quand ce fut fini je relevai la tête et me regardai dans la glace. J'avais eu bien le temps de compter. « Ainsi, dis-je à voix haute, c'est arrivé! » Ce cauchemar, que je connaissais bien pour l'avoir souvent fait à tort, recommençait. Mais cette fois-ci... Peut-être était-ce le whisky de la veille et il n'y avait vraiment pas de quoi s'affoler. Déjà je discutais en moi-même farouchement, en me regardant dans la glace avec un mélange de curiosité et de dérision. J'étais sans doute prise au piège. Je le dirais à Françoise. Il n'y avait que Françoise pour me tirer de là.

Mais je ne le dis pas à Françoise. Je n'osai pas. Et puis, au déjeuner, Luc nous fit boire; alors j'oubliai un peu, je me raisonnai. Mais savais-je si Bertrand, si jaloux de Luc, n'avait pas trouvé ce moyen de me retenir? Je me découvrais tous les symptômes...

Le lendemain de ce déjeuner commença une semaine d'été précoce, comme je croyais impossible qu'il y en eût. Je marchais dans les rues, car ma chambre était intenable tant il y faisait chaud. Je questionnai vaguement Catherine sur des solutions possibles, sans oser rien lui avouer. Je ne voulais plus voir Luc, Françoise, ces êtres libres et forts. J'étais malade comme une bête, avec des moments de fou rire nerveux. Sans projets, sans forces. A la fin de la semaine j'étais sûre d'attendre un enfant de Bertrand, et je me sentis plus calme. Il allait falloir agir...

Mais la veille de l'examen je sus que je m'étais trompée, que ce n'avait été effectivement qu'un cauchemar et je passai l'écrit en riant de soulagement. Simplement, je n'avais pensé qu'à ça pendant dix jours et je redécouvris les autres avec émerveillement. Tout devenait possible à nouveau, et gai. Françoise monta par hasard dans ma chambre, se récria contre la chaleur torride, me proposa d'aller préparer l'oral chez eux. Je travaillais donc sur le tapis blanc de leur appartement, les volets à demi fermés, seule. Françoise rentrait vers cinq heures, me montrait ses achats, essayait sans trop de conviction de m'interroger sur mon programme, et cela finissait en plaisanteries. Luc arrivait, riait avec nous. Nous allions dîner à une terrasse et ils me ramenaient chez moi. Un seul jour de la semaine Luc rentra avant Françoise, arriva dans la pièce où je travaillais, s'agenouilla près de moi sur le tapis. Il me prit dans ses bras, m'embrassa, sans un mot, par-dessus mes cahiers. Il me semblait retrouver sa bouche, comme si je n'avais connu qu'elle et que je n'eusse pensé qu'à ça pendant quinze jours. Puis il me dit qu'il m'écrirait pendant les vacances et que, si je le voulais, nous nous retrouverions quelque part pour une semaine. Il me caressait la nuque, cherchait ma bouche. J'avais envie de rester ainsi sur son épaule jusqu'à ce que la nuit tombât, peut-être à me plaindre doucement de ce que nous ne nous aimions pas. L'année scolaire était finie.

DEUXIÈME PARTIE

CHAPITRE PREMIER

La maison était longue et grise. Une prairie descendait jusqu'à l'Yonne, figée dans ses roseaux et ses courants crémeux, l'Yonne verte et lourde, survolée d'hirondelles et de peupliers. J'en aimais un surtout, près duquel je m'allongeais. Je venais m'étendre, les pieds contre le tronc, la tête égarée dans ses branches que je voyais, tout en haut, osciller au vent. La terre sentait l'herbe chaude et me procurait un long plaisir, doublé d'une sensation d'impuissance. Je connaissais ce paysage sous la pluie et sous l'été. Je le connaissais avant Paris, avant les rues et la Seine et les hommes : il ne changeait pas.

Mon examen passé par miracle, je lisais, je remontais lentement prendre mes repas à la maison. Ma mère avait perdu un fils quinze ans plus tôt, dans des circonstances assez tragiques, et en avait gardé une neurasthénie qui était vite devenue la maison même. Dans ces murs, la tristesse prenait un goût pieux. Mon père y marchait sur la pointe des pieds et y transportait, pour ma mère, des châles.

Bertrand m'écrivait. Il m'avait envoyé une curieuse lettre, trouble, pleine d'allusions à la dernière nuit que nous avions passée ensemble, le soir du *Kentucky*, nuit durant laquelle il m'avait, disait-il, manqué de respect. Or, il ne m'avait pas semblé qu'il m'eût plus manqué de respect que d'habitude, et comme nous avions à cet égard des relations tout à fait simples et satisfaisantes, j'avais longuement cherché ce à quoi il faisait allusion. En vain. J'avais enfin compris qu'il cherchait à introduire entre nous, comme une lourde complicité, l'érotisme. Il cherchait quelque chose qui nous liât, il s'accrochait aux branches et, pour une fois, la choisissait un peu basse. Je lui en avais voulu d'abord de compliquer ce qui avait été entre nous la chose la plus heureuse, en somme la plus pure, mais je ne savais pas que, dans certains cas, on recherche n'importe quoi, même le pire, plutôt que l'attendu, le médiocre. Et pour lui, l'attendu, le médiocre, c'était que je ne l'aime plus. Je savais d'ailleurs que c'était moi qu'il regrettait et non plus nous, puisqu'il n'y avait plus de « nous » depuis un mois, et cela me faisait encore plus de peine.

De Luc pas de nouvelles pendant ce mois : simplement une carte très gentille de Françoise et qu'il avait signée. Je me répétais avec une certaine fierté imbécile que je ne l'aimais pas : la preuve en étant que je ne souffrais pas de cette absence. Je ne pensais pas que, pour que ce fût tout à fait rassurant, il eût fallu me sentir humiliée de ne pas l'aimer et non pas, comme je l'étais, triomphante. D'ailleurs tous ces raffinements m'agaçaient. Je me tenais si bien en main.

Et puis j'aimais cette maison où j'aurais dû tant m'ennuyer. Je m'y ennuyais, bien sûr, mais d'un ennui plaisant et non pas honteux, comme avec les gens de Paris. J'étais très gentille et attentionnée pour tout le monde, me plaisais à l'être. Errer d'un meuble à l'autre, d'un champ à l'autre, d'un jour à l'autre, ne pas pouvoir faire autre chose, quel soulagement! Acquérir à force d'immobilité une sorte de hâle doux sur le visage et le corps, attendre sans attendre que les vacances soient finies. Lire. Les vacances étaient une énorme tache jaune et fade.

Enfin arriva la lettre de Luc. Il me disait qu'il serait à Avignon le 22 septembre. Il m'y attendrait, ou une lettre de moi. Je décidai brusquement d'y être moi-même, et ce mois passé m'apparut un paradis de simplicité. Mais c'était bien Luc, ce ton tranquille, cet Avignon ridicule et inattendu, cette absence apparente d'intérêt. Je me lançais dans les mensonges, écrivis à Catherine de me faire parvenir une fausse invitation. En même temps elle m'envoya une autre lettre où elle disait sa surprise, car Bertrand était sur la Côte, avec toute la bande, et qui pouvais-je bien aller retrouver? Mon manque de confiance lui faisait de la peine; elle ne voyait rien qui le justifiât. Je lui adressai un mot de remerciement, lui signalant simplement que, si elle voulait faire souffrir Bertrand, elle n'avait qu'à lui parler de ma lettre... ce que, d'ailleurs, elle fit, par amitié pour lui, bien entendu.

Le 21 septembre, munie d'un léger bagage, je m'embarquai pour Avignon qui, par bonheur, se trouve sur la route de la Côte d'Azur. Mes parents m'accompagnèrent à la gare. Je les quittai, les larmes aux yeux, sans comprendre pourquoi. Il me semblait pour la première fois abandonner mon enfance, la sécurité familiale. D'avance je détestai Avignon.

A la suite du silence de Luc, de sa lettre distraite, je m'étais fait de lui une image assez détachée et dure, et j'arrivai presque sur mes gardes à Avignon, attitude mentale inconfortable pour un rendez-vous prétendu d'amour. Je ne partais pas avec Luc parce qu'il m'aimait, ni parce que je l'aimais. Je partais avec lui parce que nous parlions le même langage et que nous nous plaisions. A y réfléchir, ces raisons me paraissaient minces et ce voyage effrayant.

Mais Luc, une fois de plus, me surprit. Il était sur le quai de la gare, l'air inquiet, et, quand il me vit, enchanté. Je descendis, il me serra dans ses bras et m'embrassa légèrement.

« Tu as une mine superbe. Je suis content que tu sois venue.

— Vous aussi », dis-je, faisant allusion à sa mine. Effectivement il était hâlé, mince, beaucoup plus beau qu'à Paris.

« Il n'y a aucune raison de rester à Avignon, tu sais. On va aller voir la mer, puisque après tout nous sommes là pour ça. Après, on décidera. »

Sa voiture était devant la gare. Il jeta ma valise à l'arrière et nous partîmes. Je me sentais complètement abrutie et un peu déçue, à contresens. Je ne me le rappelais ni si séduisant ni si gai.

La route était belle, bordée de platanes. Luc fumait et nous filions, capote baissée, au soleil. Je me disais : « Voilà, j'y suis, c'est maintenant. » Et cela ne me faisait rien, mais rien. J'aurais aussi bien pu être sous mon peuplier avec un livre. Cette espèce d'absence aux événements finit par m'égayer. Je me tournai vers lui et lui demandai une cigarette. Il sourit :

« Ça va mieux ? »

Je me mis à rire.

« Oui, ça va mieux. Je me demande un peu ce que je fais avec vous, mais c'est tout.

— Tu ne fais rien, tu te promènes, tu fumes, tu te

demandes si tu ne vas pas t'ennuyer. Tu ne veux pas que je t'embrasse ? »

Il arrêta la voiture, me prit par les épaules et m'embrassa. C'était entre nous un très bon moyen de reconnaissance. Je ris un peu contre sa bouche et nous repartîmes. Il me tenait la main. Il me connaissait bien. Il y avait deux mois que je vivais avec des demi-étrangers, figés dans un deuil auquel je ne participais pas, et il me semblait que, tout doucement, la vie recommençait.

La mer était une chose surprenante ; je regrettai un instant que Françoise ne fût pas là pour pouvoir lui dire qu'effectivement elle était bleue avec des rochers rouges et un sable jaune, et que c'était très réussi. J'avais eu un peu peur que Luc ne me la montrât avec un air de triomphe et en guettant mes réactions, ce qui m'eût obligée à répliquer par des adjectifs et une mimique admirative, mais il me la désigna juste du doigt en arrivant à Saint-Raphaël.

« Voilà la mer. »

Et nous roulâmes lentement dans le soir, la mer blêmissant près de nous jusqu'au gris. A Cannes Luc arrêta la voiture sur la Croisette, devant un gigantesque hôtel dont le hall m'horrifia. Je savais qu'avant d'être contente il me faudrait avoir oublié ce décor, ces grooms, les avoir transformés en êtres familiers, sans regards pour moi, sans danger. Luc palabrait, avec un homme hautain derrière un comptoir. J'aurais voulu être ailleurs. Il le sentit, mit sa main sur mon épaule en traversant le hall, me guida. La chambre était immense, presque blanche, avec deux portes-fenêtres sur la mer. Il y eut un brouhaha de porteurs, de bagages, de fenêtres ouvertes, d'armoires. J'étais au milieu, les bras ballants, indignée de ma propre incapacité à réagir.

« Et voilà », dit Luc.

Il jeta un coup d'œil satisfait autour de la pièce, se pencha sur le balcon.

« Viens voir. »

Je m'accoudai près de lui, à distance respectueuse. Je n'avais pas du tout envie de regarder par la fenêtre, ni d'être à tu et à toi avec cet homme que je connaissais mal. Il me jeta un bref coup d'œil.

« Allons, tu es redevenue sauvage. Va prendre un bain et reviens boire un verre avec moi. Dans ton cas, je ne vois que le confort et l'alcool pour te dérider. »

Il avait raison. Une fois changée je m'accoudai près de lui, un verre à la main, lui fis mille compliments de la salle de bains et de la mer. Il me dit que j'étais très en beauté. Je lui répondis que lui aussi, et nous contemplâmes les palmiers et la foule d'un air satisfait. Puis il partit se changer en me laissant un second whisky, et je me promenai pieds nus sur l'épaisse moquette en chantonnant.

Le dîner se passa bien. Nous parlâmes de Françoise, de Bertrand, avec beaucoup de bon sens et de tendresse. Je souhaitais ne pas rencontrer Bertrand, mais Luc me dit que nous tomberions sûrement sur quelqu'un qui se ferait un plaisir de tout raconter, à lui et à Françoise, et qu'il serait bien temps de s'en préoccuper à la rentrée. J'étais émue qu'il prît ce risque pour moi. Je le lui dis en bâillant, parce que je mourais de sommeil. Je lui dis aussi que j'aimais sa manière de prendre les choses :

« C'est très agréable. Vous avez décidé cela, vous le faites, vous acceptez les conséquences, vous n'avez pas peur.

— De quoi veux-tu que j'aie peur ? dit-il avec une

bizarre tristesse. Bertrand ne me tuera pas. Françoise ne me quittera pas. Tu ne m'aimeras pas.

— Peut-être que Bertrand me tuera, moi, répliquai-je, vexée.

— Il est bien trop gentil. Tout le monde est gentil, d'ailleurs.

— Les méchants sont encore plus ennuyeux, c'est vous qui me l'avez dit.

— Tu as raison. Et puis il est tard, viens te coucher. »

Il avait dit ça naturellement. Nos dialogues n'avaient rien de passionnel, mais ce « viens te coucher » me parut un peu cavalier. A la vérité j'avais peur, très peur de cette nuit à venir.

Dans la salle de bains je mis mon pyjama avec des mains tremblantes. C'était un pyjama assez écolière, mais je n'avais rien d'autre. Quand j'entrai Luc était déjà couché. Il fumait, le visage tourné vers la fenêtre. Je me glissai près de lui. Il étendit vers moi une main tranquille, prit la mienne. Je grelottais.

« Ote ce pyjama, petite sotte, tu vas le chiffonner. Tu as froid par une nuit pareille ? Tu es malade ? »

Il me prenait dans ses bras, enlevait mon pyjama avec des gestes précautionneux, le jetait en boule par terre. Je lui fis remarquer qu'il serait tout de même froissé. Il se mit à rire doucement. Tous ses gestes étaient devenus d'une incroyable douceur. Il m'embrassait tranquillement les épaules, la bouche, continuait à parler :

« Tu sens l'herbe chaude. Tu aimes cette chambre ? Sinon, on irait ailleurs. C'est assez agréable, Cannes... »

Je répondais : « Oui, oui », d'une voix étranglée. J'avais très envie d'être au lendemain matin. Ce n'est que lorsqu'il s'écarta un peu de moi et posa sa main sur ma hanche que le trouble me prit. Il me caressait et j'embrassais son cou, son torse, tout ce que je pouvais toucher de cette ombre, noire sur le ciel de la porte-fenêtre. Enfin il glissait ses jambes entre mes jambes, je glissais mes mains sur son dos; nous soupirions ensemble. Puis je ne le vis plus, ni le ciel de Cannes. Je mourais, j'allais mourir et je ne mourais pas, mais je m'évanouissais. Tout le reste était vain : comment ne pas le savoir, toujours? Quand nous nous séparâmes Luc rouvrit les yeux et me sourit. Je m'endormis aussitôt, la tête contre son bras.

CHAPITRE II

On m'avait toujours dit qu'il était très difficile de vivre avec quelqu'un. Je le pensais, mais sans l'éprouver vraiment, durant ce bref séjour avec Luc. Je le pensais, parce que je ne pouvais jamais être vraiment détendue avec lui. J'avais peur qu'il ne s'ennuyât. Or, je ne pouvais pas ne pas remarquer que, généralement, je craignais plus de m'ennuyer avec les autres que de les voir s'ennuyer avec moi. Ce renversement m'inquiétait. Mais pouvais-je trouver difficile de vivre avec quelqu'un comme Luc, qui ne disait pas grand-chose, ne demandait rien (surtout pas : « A quoi penses-tu ? »), avait invariablement l'air content que je sois là et ne manifestait aucune des exigences de l'indifférence ni de la passion ? Nous avions le même pas, les mêmes habitudes, le même rythme de vie. Nous nous plaisions, tout allait bien. Et je ne pouvais pas regretter qu'il ne fît pas ce bouleversant effort qu'il faut accomplir pour aimer quelqu'un, le connaître, briser sa solitude. Nous étions amis, amants. Nous nous baignions ensemble dans cette Méditerranée trop bleue ; nous déjeunions sans dire grand-chose, abrutis de soleil et nous rentrions à l'hôtel. Parfois, dans ses bras, dans cette grande tendresse qui suit l'amour, j'avais envie de lui dire : « Luc, aime-moi, essayons, laisse-nous essayer. » Je ne le lui disais pas. Je me bornais à embrasser son front, ses yeux, sa bouche, tous les reliefs de ce visage nouveau, ce visage sensible que découvrent les lèvres après les yeux. Je n'avais jamais tant aimé un visage. J'aimais même ses joues, alors que les joues m'avaient toujours paru une partie sans chair, l'aspect « poisson » du visage. A présent je comprenais Proust parlant longuement des joues d'Albertine, lorsque j'appuyais mon visage contre celles de Luc, fraîches et un peu rêches de la barbe qui y renaissait. Il me faisait aussi découvrir mon corps, m'en parlait avec intérêt, sans indécence, comme d'une chose précieuse. Et cependant, ce n'était pas la sensualité qui donnait le ton à nos rapports, mais quelque chose d'autre, une sorte de complicité cruelle dans la fatigue des comédies, la fatigue des mots, la fatigue tout court.

Après dîner nous nous dirigions toujours vers le même bar, un peu sinistre, derrière la rue d'Antibes. Il y avait un petit orchestre auquel, en arrivant, Luc avait demandé ce *Lone and sweet* dont je lui avais parlé. Il s'était tourné vers moi d'un air triomphant :

« C'est bien celui-là que tu veux ?

— Oui. C'est gentil d'y avoir pensé.

— Est-ce qu'il te rappelle Bertrand ? »

Je lui répondis que oui, un peu, qu'il y avait assez longtemps qu'il était dans les machines à disques. Il prit un air contrarié.

« C'est ennuyeux. Mais nous en trouverons un autre.

— Pourquoi ?

— Quand on a une liaison, il faut choisir un air,

comme ça, et un parfum et des points de repère, pour le futur. »

J'avais dû avoir un drôle d'air, car il se mit à rire.

« A ton âge, on ne pense pas au futur. Moi je me prépare une vieillesse agréable, avec des disques.

— Tu en as beaucoup ?

— Non.

— C'est dommage, dis-je avec colère. Moi, à ton âge, il me semble que j'aurai toute une disco-thèque. »

Il me prit la main avec précaution.

« Tu es blessée ?

— Non, fis-je avec lassitude. Mais c'est un peu drôle de se dire que, dans un an ou deux, une semaine entière de votre vie, une semaine vivante, avec un monsieur, ne sera plus qu'un disque. Surtout si le monsieur le sait déjà et le proclame. »

Je me sentais avec irritation des larmes aux yeux. C'était la manière dont il m'avait dit : « Tu es bles-sée ? » Quand on me parlait sur un certain ton, ça me donnait toujours envie de gémir.

« A part cela, je ne suis pas blessée, repris-je nerveusement.

— Viens, dit Luc, dansons. »

Il me prit dans ses bras et nous commençâmes à danser sur l'air de Bertrand, qui d'ailleurs ne ressem-blait en rien au très bon enregistrement de la machine à disques. En dansant Luc me serra tout à coup dans ses bras violemment, avec ce qu'on appelle sans doute une tendresse désespérée, et je m'agrippai à lui. Puis il me relâcha et nous parlâmes d'autre chose. Nous trouvâmes un air qui s'imposait de lui-même, car on le jouait partout.

A part ce léger accrochage, je me tenais bien, j'étais

gaie et trouvais notre petite aventure très réussie. Et puis je l'admirais, je ne pouvais qu'admirer son intelligence, sa stabilité, cette manière virile qu'il avait de donner aux choses leur importance exacte, leur poids, sans cynisme ni complaisance. J'avais simplement envie de lui dire, parfois avec agacement : « Mais enfin, pourquoi ne m'aimes-tu pas ? Ce serait tellement plus reposant pour moi ? Pourquoi ne pas mettre entre nous cette espèce de paroi de verre de la passion, si déformante parfois, mais si commode ? » Mais non, nous étions de la même espèce, alliés et complices. Je ne pouvais pas devenir objet ni lui sujet, il n'en avait ni la possibilité, ni la force, ni l'envie.

La semaine prévue finissait. Luc ne parlait pas de partir. Nous étions devenus très bronzés, avec une mine un peu défaite à force de nuits passées dans ce bar à parler, à boire, à attendre l'aube, l'aube blanche sur une mer inhumaine, tous bateaux immobiles, la foule élégante et folle des mouettes sommeillant sous les toits de l'hôtel. Nous rentrions alors, saluions le même garçon assoupi, et Luc me prenait dans ses bras, m'aimait dans un demi-vertige de fatigue. Nous nous réveillions à midi pour le bain.

Ce matin-là — qui eût dû être le dernier — je crus qu'il m'aimait. Il avait pris en se promenant dans la chambre, un air réticent qui m'intrigua.

« Qu'as-tu dit à ta famille ? Que tu rentrais quand ?

— Je leur avais dit : "Dans une semaine environ."

— Si ça te va, on pourrait rester une semaine de plus ?

— Oui... »

Je me rendais compte que je n'avais jamais pensé

vraiment que je dusse partir. Ma vie s'écoulerait dans cet hôtel, qui était devenu hospitalier, commode, comme un gros bateau. Avec Luc, toutes mes nuits seraient des nuits blanches. Nous irions doucement vers l'hiver, vers la mort, en parlant de provisoire.

« Mais je pensais que Françoise t'attendait ?

— Je peux arranger ça, dit-il. Je n'ai pas envie de quitter Cannes. Ni Cannes, ni toi.

— Moi non plus », répondis-je avec la même voix tranquille et pudique.

La même voix. Une seconde je pensai qu'il m'aimait peut-être, qu'il ne voulait pas me le dire. Cela me faisait basculer le cœur dans la poitrine. Puis je me rappelai que c'étaient des mots, qu'effectivement il m'aimait bien et que c'était suffisant. Simplement nous nous accordions une semaine heureuse de plus. Après, il faudrait que je le quitte. Le quitter, le quitter... Pourquoi, pour qui, pour faire quoi ? Pour retrouver cet ennui instable, cette solitude dispersée ? Au moins, quand il me regardait, c'était lui que je voyais ; quand il me parlait, c'était lui que je voulais comprendre. C'était lui qui m'intéressait, lui, dont j'aurais voulu qu'il fût heureux. Lui, Luc, mon amant.

« C'est une bonne idée, repris-je. A vrai dire, je n'avais pas pensé au départ.

— Tu ne penses à rien, dit-il en riant.

— Pas quand je suis avec toi.

— Pourquoi ? Tu te sens jeune, irresponsable ? »

Il avait un petit sourire narquois. Il eût vite — si j'en avais manifesté l'intention — éliminé l'attitude « petite fille et merveilleux protecteur » de notre couple. Heureusement, je me sentais parfaitement adulte. Adulte et blasée.

« Non, dis-je. Je me sens absolument responsable. Mais de quoi ? De ma vie ? Elle est bien souple, bien molle. Je ne suis pas malheureuse. Je suis contente. Je ne suis même pas heureuse. Je ne suis rien ; sauf bien avec toi.

— C'est parfait, continua-t-il. Je suis aussi très bien avec toi.

— Ronronnons donc. »

Il se mit à rire.

« Tu es comme un chat en colère, dès qu'on s'en prend à ta petite dose d'absurde et de désespoir quotidienne. Je ne tiens pas à te faire "ronronner", comme tu dis ! Ni à ce que tu sois béate avec moi. Ça m'ennuierait.

— Pourquoi ?

— Je me sentirais seul. C'est le seul point où Françoise me fait peur : quand elle est à côté de moi, qu'elle ne dit rien et qu'elle est satisfaite comme ça. D'autre part, c'est très satisfaisant, virilement et socialement, de rendre une femme heureuse, même si l'on se demande pourquoi.

— Au fond, c'est parfait, dis-je d'un trait. Il y a Françoise que tu rends heureuse, et moi que tu rendras un peu malheureuse à la rentrée. »

Je n'avais pas prononcé cette phrase que je la regrettais. Il se tourna vers moi.

« Toi, malheureuse ?

— Non, répondis-je en souriant : un peu désorientée. Il me faudra trouver quelqu'un pour s'occuper de moi et personne ne sera aussi compétent que toi.

— Tu ne m'en parleras pas », dit-il avec colère. Puis il se ravisa.

« Si, tu m'en parleras. Tu me parleras de tout. Si

cet individu est désagréable, je le rosserai. Sinon, je t'en dirai du bien. Bref, un vrai père. »

Il prit ma main, la retourna, en embrassa la paume doucement, longuement. Je posai ma main libre sur sa nuque inclinée. Il était très jeune, très vulnérable, très bon, cet homme qui m'avait proposé une aventure sans lendemain et sans sentimentalité. Il était honnête.

« Nous sommes des gens honnêtes, dis-je d'un ton sentencieux.

— Oui, répliqua-t-il en riant. Ne fume pas ta cigarette comme ça, ça ne fait pas honnête. »

Je me dressai dans ma robe de chambre à pois.

« D'ailleurs, suis-je une femme honnête? Que fais-je dans ce palace morbide avec l'époux d'une autre? Dans cette tenue de courtisane? Ne suis-je pas l'exemple type de ces jeunes filles dévoyées de Saint-Germain-des-Prés qui brisent les ménages en pensant à autre chose?

— Si, fit-il accablé. Et moi, je suis l'époux, jusqu'ici modèle, égaré par les sens, le pigeon, le malheureux pigeon... Viens...

— Non, non. Car je me refuse à toi, je te fais ignoblement marcher. Ayant allumé dans tes veines le feu de la lubricité, je me refuse à l'apaiser moi-même. Voilà. »

Il s'effondra sur le lit, la tête entre les mains. Je m'assis près de lui, l'air grave. Et quand il releva la tête, je le fixai durement.

« Je suis une vamp.

— Et moi?

— Un malheureux déchet humain. Ce qui fut un homme... Luc! Encore une semaine! »

Je m'abattis près de lui, j'emmêlai ses cheveux aux

79

miens; il était brûlant et frais contre ma joue, il sentait la mer, le sel.

J'étais seule, non sans une certaine satisfaction, sur une chaise longue devant l'hôtel, face à la mer. Seule avec quelques vieilles Anglaises. Il était onze heures du matin et Luc avait dû aller à Nice pour quelques démarches compliquées. J'aimais assez Nice, tout au moins le côté minable de Nice, entre la gare et la Promenade des Anglais. Mais j'avais refusé de l'accompagner, car j'avais ressenti une brusque envie d'être seule.

J'étais seule, je bâillais, j'étais épuisée d'insomnie, j'étais merveilleusement bien. Je ne pouvais allumer ma cigarette sans que ma main, au bout de l'allumette, tremblât un peu. Le soleil de septembre, pas très chaud, me caressait la joue. J'étais très bien avec moi-même, pour une fois. « Nous ne sommes bien que fatigués », disait Luc, et il était vrai que je faisais partie de cette espèce de gens qui ne sont bien que lorsqu'ils ont tué en eux une certaine part de vitalité, exigeante et lourde d'ennui; cette certaine part qui pose la question : « Qu'as-tu fait de ta vie, qu'as-tu envie d'en faire? », question à laquelle je ne pouvais que répondre : « Rien. »

Un très beau jeune homme passa, que je détaillai un peu, avec une indifférence qui m'apparut merveilleuse. Généralement la beauté, tout au moins à un certain degré, me donnait une impression de gêne. Elle me semblait indécente, indécente et inaccessible. Ce jeune homme me parut plaisant à voir et sans réalité. Luc supprimait les autres hommes. En revanche je ne supprimais pas pour lui les autres femmes. Il les regardait complaisamment, sans commentaires.

Soudain je ne vis plus la mer que dans un brouillard. Je me sentis étouffer. Je portai la main à mon front, il était inondé de sueur. J'avais la racine des cheveux trempée. Une goutte glissait lentement le long de mon dos. Sans doute la mort n'était-elle que cela : un brouillard bleu, une chute légère. J'aurais pu mourir, je ne me serais pas débattue.

Je saisis au passage cette phrase qui n'avait fait qu'effleurer ma conscience et était prête à s'en échapper aussitôt sur la pointe des pieds : « Je ne me débattrais pas. » Pourtant j'aimais vivement certaines choses : Paris, les odeurs, les livres, l'amour et ma vie actuelle avec Luc. J'eus l'intuition qu'avec personne je ne serais probablement aussi bien qu'avec Luc, qu'il était fait pour moi de toute éternité et que, sans doute, il y avait une fatalité des rencontres. Mon destin était que Luc me quitte, que j'essaie de recommencer avec quelqu'un d'autre, ce que je ferais, bien sûr. Mais jamais plus avec personne je ne serais comme avec lui : si peu seule, si calme et, intérieurement, si peu réticente. Seulement il allait retrouver sa femme, me laisser dans ma chambre à Paris, me laisser avec les après-midi interminables, les coups de désespoir et les liaisons mal achevées. Je me mis à pleurnicher doucement d'attendrissement sur moi-même.

Au bout de trois minutes je me mouchai. A deux chaises longues de moi une vieille Anglaise me fixait, sans compassion, avec un intérêt qui me fit rougir. Puis je la regardai attentivement. Une seconde je fus prise d'un respect incroyable pour elle. C'était un être humain, un autre être humain. Elle me regardait et je la regardais, fixement, dans le soleil, toutes les deux comme éblouies par une sorte de révélation :

deux êtres humains ne parlant pas la même langue, et se regardant comme deux surprises. Puis elle se leva et partit en boitant, appuyée sur sa canne.

Le bonheur est une chose plane, sans repères. Aussi de cette période à Cannes ne me reste-t-il aucun souvenir précis, sauf ces quelques instants malheureux, les rires de Luc et, dans la chambre, la nuit, l'odeur suppliante et fade du mimosa d'été. Peut-être le bonheur, chez les gens comme moi, n'est-il qu'une espèce d'absence, absence d'ennuis, absence confiante. A présent je connaissais bien cette absence, de même que parfois, en rencontrant le regard de Luc, l'impression que tout était bien, enfin. Il supportait le monde à ma place. Il me regardait en souriant. Je savais pourquoi il souriait et j'avais aussi envie de sourire.

Je me souviens d'un moment d'exaltation, un matin. Luc était allongé sur le sable. Je plongeais du haut d'une sorte de radeau. Puis je montai sur la dernière plate-forme du plongeoir. Je vis Luc et la foule sur le sable, et la mer complaisante qui m'attendait. J'allais tomber en elle, m'y enfouir ; j'allais tomber de très haut et je serais seule, mortellement seule, durant ma chute. Luc me regardait. Il fit un geste d'effroi ironique et je me laissai aller. La mer voltigea vers moi ; je me fis mal en l'atteignant. Je regagnai le rivage et vins m'effondrer contre Luc en l'aspergeant ; puis je posai ma tête sur son dos sec et lui embrassai l'épaule.

« Es-tu folle… ou simplement sportive ? dit Luc.

— Folle.

— C'est ce que j'ai pensé avec fierté. Quand je me suis dit que tu plongeais de si haut pour me rejoindre, j'ai été très heureux.

« — Es-tu heureux ? Je suis heureuse. Je dois l'être en tout cas, puisque je ne me le demande pas. C'est un axiome, n'est-ce pas ? »

Je parlais sans le regarder, puisqu'il était allongé sur le ventre, et je ne voyais que sa nuque. Elle était bronzée et solide.

« Je vais te rendre à Françoise en bon état, dis-je plaisamment.

— Cynique !

— Tu es beaucoup moins cynique que nous. Les femmes sont très cyniques. Tu n'es qu'un petit garçon entre moi et Françoise.

— Prétentieuse.

— Tu es beaucoup plus prétentieux que nous. Les femmes prétentieuses sont tout de suite ridicules. Les hommes, ça leur donne un faux air viril qu'ils cultivent pour...

— C'est bientôt fini, ces axiomes ? Parle-moi du temps. En vacances c'est le seul sujet permis.

— Il fait beau, dis-je ; il fait très beau... »

Et, me retournant sur le dos, je m'endormis.

Quand je m'éveillai, le ciel était couvert, la plage déserte et je me sentais épuisée, la bouche sèche. Luc était assis près de moi sur le sable, tout habillé. Il fumait en regardant la mer. Je restai un moment à le regarder sans lui montrer que j'étais réveillée, avec, pour la première fois, une curiosité purement objective : « A quoi cet homme peut-il penser ? » A quoi peut penser un être humain sur une plage vide, devant une mer vide, près de quelqu'un qui dort ? Je le vis si écrasé par ces trois absences, si seul, que j'étendis la main vers lui et touchai son bras. Il ne sursauta même pas. Il ne sursautait jamais, s'étonnait rarement, se récriait plus rarement encore.

« Tu es réveillée ? » dit-il paresseusement. Et il s'étira à regret. « Il est quatre heures.

— Quatre heures ! » Je me redressai. « J'ai dormi quatre heures ?

— Ne t'affole pas, dit Luc, nous n'avons rien à faire. »

Cette phrase me parut sinistre. Il était vrai que nous n'avions rien à faire ensemble, pas de travail, pas d'amis communs.

« Tu le regrettes ? » demandai-je.

Il se tourna vers moi en souriant.

« Je n'aime que ça. Mets ton chandail, mon chéri, tu vas avoir froid. On va aller prendre le thé à l'hôtel. »

La Croisette était sinistre, sans soleil, ses vieux palmiers oscillant un peu sous un vent sans courage. L'hôtel dormait. Nous nous fîmes monter du thé. Je pris un bain chaud et revins m'allonger près de Luc qui lisait sur le lit en secouant de temps en temps la cendre de sa cigarette. Nous avions fermé les volets à cause de la tristesse du ciel, la chambre était peu éclairée, chaude. J'étais allongée sur le dos, les mains croisées sur l'estomac, comme un mort ou un gros homme. Je fermai les yeux. Seul le bruit des pages que tournait Luc coupait le lointain déferlement des vagues.

Je me disais : « Voilà, je suis près de Luc, je suis à côté de lui, je n'ai qu'à étendre la main pour le toucher. Je connais son corps, sa voix, la manière dont il dort. Il lit, je m'ennuie un peu, ce n'est pas désagréable. Tout à l'heure nous irons dîner, puis nous coucherons ensemble et dans trois jours nous nous quitterons. Il n'en sera probablement jamais plus comme maintenant. Mais ce moment est là, à nous ; je ne sais pas si c'est l'amour ou l'entente ; ça n'a pas d'importance. Nous sommes seuls, chacun de notre côté. Il ne sait pas que je pense à nous ; il lit. Mais nous sommes ensemble et, contre moi, j'ai la part de chaleur qu'il peut avoir pour moi et la part d'indifférence. Dans six mois, quand nous nous serons séparés, ce n'est pas le souvenir de ce moment-ci qui renaîtra, mais d'autres, involontaires et stupides. Et pourtant c'est probablement ce moment-là que j'aurai le mieux aimé, celui où j'ai accepté que la vie soit comme elle m'apparaît, tranquille et déchirante. » J'étendis le bras, attrapai *La Famille Fenouillard* que Luc me reprochait beaucoup de ne pas avoir lu, et me mis à rire jusqu'au moment où Luc voulut rire aussi et où nous nous penchâmes sur la même page, joue contre joue, bientôt bouche contre bouche, le livre tombant enfin sur le plancher, le plaisir sur nous, la nuit sur les autres.

Le jour du départ vint enfin. Par une hypocrisie où il entrait surtout de la peur — peur, pour lui, que je m'attendrisse, peur, pour moi, que, le sentant, j'en vinsse à m'attendrir — nous n'y avions pas fait allusion la veille, au cours de ce qui était notre dernière soirée. Simplement, la nuit, je m'étais réveillée plusieurs fois, en proie à une sorte de panique, et j'avais cherché Luc du front, de la main, pour être sûre que cette douce équipe du sommeil partagé existait encore. Et à chaque fois, comme s'il eût été à l'affût de ces peurs, comme si son sommeil eût été allégé de tout poids, il m'avait prise dans ses bras, serré ma nuque dans sa main, murmuré : « Là, là », d'une voix étrange, comme pour rassurer un animal. C'était une nuit confuse et chuchotante, accablée du parfum des mimosas que nous laisserions derrière nous, de demi-sommeil et de tiédeur. Puis le matin était arrivé, le petit déjeuner, et Luc avait préparé ses bagages. J'avais fait les miens en même temps, en parlant avec lui de la route, des restaurants sur la route, etc. J'étais un peu agacée de mon ton faussement tranquille et courageux, car je ne me sentais pas courageuse et je ne voyais pas pourquoi j'aurais dû l'être. Je ne me sentais rien : vaguement désemparée, peut-être. Pour une fois nous nous jouions une demi-comédie, mais je trouvais plus prudent de m'y tenir, car enfin il pourrait bien m'arriver de souffrir avant de le quitter. Mieux valait adopter l'attitude, les gestes, le visage de la pudeur.

« Eh bien, nous sommes prêts, dit-il enfin. Je vais sonner pour les bagages. »

J'eus un réveil de conscience.

« Penchons-nous une dernière fois sur ce balcon », dis-je d'une voix mélodramatique.

Il me regarda inquiet, puis, devant mon expression, se mit à rire.

« Tu es une vraie petite dure, une cynique. Tu me plais. »

Il m'avait prise dans ses bras, au milieu de la chambre ; il me secouait doucement.

« Tu sais que c'est rare de pouvoir dire à quelqu'un : "Tu me plais" après quinze jours de cohabitation.

— Ce n'était pas une cohabitation, protestai-je en riant, c'était une lune de miel.

— A plus forte raison ! » dit-il, en se détachant de moi. A ce moment-là j'eus vraiment l'impression qu'il me quittait, l'envie de le rattraper par le revers de sa veste. Ce fut très fugitif et très désagréable.

Le retour se passa bien. Je conduisis un peu. Luc disait que nous serions à Paris dans la nuit, qu'il me téléphonerait le lendemain et que nous dînerions bientôt avec Françoise, car elle serait rentrée de la campagne où elle avait passé ces quinze jours avec sa mère. Tout cela me paraissait un peu inquiétant, mais Luc me recommanda seulement de ne faire aucune allusion à ce voyage : il s'arrangerait avec elle. Je me voyais assez bien passant l'automne entre eux deux, retrouvant parfois Luc pour l'embrasser sur la bouche et dormir avec lui. Je n'avais jamais envisagé qu'il dût quitter Françoise, d'abord parce qu'il me l'avait dit, et ensuite parce qu'il me paraissait impossible de faire ça à Françoise. S'il me l'avait offert, je n'aurais sans doute, à ce moment-là, pas pu accepter.

Il me dit qu'il avait beaucoup de travail en retard, mais que ça ne l'intéressait pas beaucoup. Quant à moi, c'était une nouvelle année d'études, la nécessité d'approfondir ce qui m'avait déjà assez ennuyée l'année d'avant. Bref nous rentrions à Paris découragés, mais cela me plaisait assez, car c'était pour chacun le même découragement, le même ennui, et par conséquent la même nécessité de se raccrocher à l'autre. L'autre qui était pareil.

Nous arrivâmes à Paris très tard dans la nuit. A la porte d'Italie je regardai Luc qui avait les traits un peu las et je pensai que nous nous étions bien tirés de notre petite aventure, que nous étions vraiment des adultes, civilisés et raisonnables, et je me sentis tout à coup, avec une sorte de rage, affreusement humiliée.

TROISIÈME PARTIE

CHAPITRE PREMIER

Je n'avais jamais eu à retrouver Paris; je l'avais, une fois pour toutes, découvert. Je fus étonnée par son charme et l'espèce de plaisir que je pris à me promener dans ses rues, encore distraites, de l'été. Cela me détourna trois jours du vide, de l'impression d'absurde que me laissait l'absence de Luc. Je le cherchais des yeux, parfois de la main, la nuit, et à chaque fois son absence me paraissait anormale et stupide. Déjà ces quinze jours prenaient une forme, un ton dans ma mémoire, un ton à la fois plein et âpre. Bizarrement je n'en retirais pas un sentiment d'échec, mais, bien au contraire, de réussite. Réussite qui, je le voyais bien, rendrait difficile, voire douloureuse, toute tentative analogue.

Bertrand allait rentrer. Que dire à Bertrand? Bertrand allait essayer de me reprendre. Pourquoi renouer avec lui et surtout comment supporter un autre corps, un autre souffle que celui de Luc?

Luc ne me téléphona ni le lendemain, ni le surlendemain. J'attribuai cela à des complications avec Françoise et en retirai un double sentiment d'importance et de honte. Je marchais beaucoup, pensant avec détachement et un intérêt très vague à l'année à

91

venir. Peut-être trouverais-je quelque chose de plus intelligent à faire que le Droit, Luc devant me présenter à un de ses amis, directeur de journal. Alors que, jusque-là, ma force d'inertie m'avait incitée à chercher des motifs sentimentaux de compensation, elle m'en faisait chercher à présent de professionnels.

Au bout de deux jours je ne pus résister à l'envie de voir Luc. N'osant lui téléphoner, je lui envoyai un petit mot, à la fois désinvolte et gentil, lui demandant de m'appeler. Ce qu'il fit le lendemain : il était allé chercher Françoise à la campagne et n'avait pu m'appeler plus tôt. Je lui trouvai une voix tendue. Je pensai que je lui manquais et, une seconde, comme il me le disait à l'appareil, j'eus la vision d'un café où nous nous retrouverions et où il me prendrait dans ses bras en me disant qu'il ne pouvait vivre sans moi, que ces deux jours avaient été absurdes. Je n'aurais plus qu'à répondre : « Moi non plus », sans trop mentir, et le laisser décider. Mais s'il me donna effectivement rendez-vous dans un café, ce fut pour m'assurer que Françoise allait bien, qu'elle ne posait aucune question et qu'il était débordé de travail. Il disait : « Tu es belle », et m'embrassait la paume de la main.

Je le trouvai changé — il avait repris ses complets sombres —, changé et désirable. Je regardais ce visage net et fatigué. Il me semblait curieux qu'il ne m'appartînt plus. Déjà je pensais que je n'avais pas vraiment su « profiter » — et ce mot me paraissait odieux — de ce séjour avec lui. Je lui parlais gaiement et il répondait de même, mais l'un et l'autre sans naturel. Peut-être parce que nous étions étonnés qu'il soit si facile de vivre avec quelqu'un quinze jours, que cela se passe si bien et que ce ne soit pas plus grave. Seulement, quand il se leva, j'eus un mouvement d'indignation, envie de lui dire : « Mais où vas-tu ? Tu ne vas pas me laisser seule ? » Il partit et je restai seule. Je n'avais pas grand-chose à faire. Je pensai : « Tout ça est comique » et haussai les épaules. Je me promenai une heure, entrai dans un ou deux cafés où j'espérais rencontrer les autres, mais personne n'était encore revenu. Il m'était toujours possible d'aller passer quinze jours dans l'Yonne. Mais comme je devais dîner avec Luc et Françoise le surlendemain, je décidai d'attendre ce dîner pour partir.

Je passai ces deux jours au cinéma ou sur mon lit à dormir et à lire. Ma chambre me paraissait étrangère. Enfin, le soir du dîner, je m'habillai avec soin et me rendis chez eux. En sonnant j'eus une seconde de peur, mais c'est Françoise qui vint m'ouvrir et son sourire me rassura aussitôt. Je sus, comme me l'avait dit Luc, qu'elle ne pourrait jamais être ridicule ni tenir un rôle qui ne fût pas à la mesure de son extrême bonté et de sa dignité. Elle n'avait jamais été trompée et ne le serait sans doute jamais.

Ce fut un curieux dîner. Nous étions tous les trois et cela marchait très bien, comme avant. Simplement nous avions beaucoup bu avant de nous mettre à table. Françoise ne semblait rien savoir, mais peut-être me regardait-elle avec plus d'attention que de coutume. De temps en temps Luc me parlait les yeux dans les yeux et je mettais un point d'honneur à répondre gaiement, avec naturel. La conversation vint sur Bertrand, qui serait de retour la semaine suivante.

« Je ne serai pas là, dis-je.

— Où seras-tu ? demanda Luc.

— Je vais probablement aller passer quelques jours chez mes parents.

— Vous rentrerez quand ? »

C'était Françoise qui parlait.

« Dans quinze jours.

— Dominique, je vous tutoie ! s'écria-t-elle brusquement. Je trouve assommant de vous vouvoyer.

— Tutoyons-nous tous », dit Luc avec un petit rire, et il se dirigea vers le pick-up. Je le suivis des yeux et, en me retournant vers Françoise, je vis qu'elle me regardait. Je lui rendis son regard, assez inquiète, et surtout pour ne pas avoir l'air de la fuir. Elle posa sa main sur la mienne, un instant, avec un petit sourire triste qui me bouleversa.

« Vous... enfin, *tu* m'enverras une carte postale, Dominique ? Tu ne m'as pas dit comment allait ta mère.

— Bien, dis-je ; elle... »

Je m'arrêtai parce que Luc avait mis l'air que l'on jouait sur la Côte et que tout m'était revenu d'un coup. Il ne s'était pas retourné. Je sentis ma pensée s'affoler un instant entre ce couple, cette musique, cette complaisance de Françoise, qui n'en était pas une, cette sentimentalité de Luc, qui, non plus, n'en était pas une, bref tout ce mélange. J'eus une véritable envie de fuir.

« J'aime beaucoup cet air », dit Luc tranquillement.

Il s'assit et je me rendis compte qu'il n'avait pensé à rien. Même pas à notre dialogue amer sur les disques-souvenirs. Simplement cet air avait dû revenir à sa mémoire deux ou trois fois et il avait acheté le disque pour s'en débarrasser.

« Je l'aime bien aussi », dis-je.

Il leva les yeux vers moi, se souvint et me sourit. Il me sourit si tendrement, si ouvertement que je baissai les yeux. Mais Françoise allumait une cigarette. J'étais désemparée. Ce n'était même pas une situation fausse, car il me semblait qu'il eût suffi d'en parler pour que chacun donnât calmement son avis, objectivement, comme si rien de tout cela ne le concernait.

« Nous allons voir cette pièce ou pas ? » dit Luc.

Il se tourna vers moi pour m'expliquer :

« Nous avons reçu une invitation pour une nouvelle pièce. On pourrait y aller tous les trois...

— Oh ! oui, dis-je, pourquoi pas ? »

Je faillis ajouter avec un commencement de fou rire : « Au point où nous en sommes ! »

Françoise m'emmena dans sa chambre pour me faire essayer un de ses manteaux, plus habillé que le mien. Elle m'en mit un ou deux, me fit tourner, remonta les cols. A un moment elle me tint ainsi le visage entre les deux pans du col et je pensai avec le même rire intérieur : « Je suis à sa merci. Peut-être va-t-elle m'étouffer ou me mordre. » Mais elle se borna à sourire.

« Vous êtes un peu noyée là-dedans.

— C'est vrai, dis-je, sans penser au manteau.

— Il faudra que je vous voie quand vous rentrerez. »

« Ça y est ! pensai-je. Va-t-elle me demander de ne plus voir Luc ? Le pourrai-je ? » Et la réponse me vint aussitôt : « Non, je ne pourrais plus. »

« Car j'ai décidé de m'occuper de vous, de vous habiller convenablement et de vous montrer des choses plus drôles que ces étudiants et ces bibliothèques. »

« Oh ! mon Dieu, pensai-je, ce n'est pas le moment, ce n'est pas le moment de me dire ça. »

« Non ? reprit-elle devant mon silence. J'avais un peu l'impression d'avoir une fille en vous. (Elle disait cela en riant, mais avec gentillesse.) Si c'est une fille rétive et uniquement intellectuelle...

— Vous êtes trop gentille, dis-je en appuyant sur le "trop". Je ne sais pas quoi faire.

— Vous laisser faire », dit-elle en riant.

« Je suis dans un beau guêpier, pensai-je. Mais si Françoise m'aime bien et si elle tient à me voir, je verrai Luc plus souvent. Peut-être lui expliquerai-je, à elle. Peut-être cela lui est-il un peu égal, après dix ans de mariage. »

« Pourquoi m'aimez-vous bien ? demandai-je.

— Vous avez le même genre de nature que Luc. Des natures un peu malheureuses, destinées à être consolées par des Vénusiens comme moi. Vous n'y échapperez pas... »

En pensée je levai les bras au ciel. Puis nous allâmes au théâtre. Luc riait, parlait. Françoise m'expliquait qui étaient les gens et avec qui, etc. Ils me ramenèrent à ma pension et Luc m'embrassa la paume de la main avec naturel. Je rentrai un peu ahurie, m'endormis, et le lendemain je pris le train pour l'Yonne.

CHAPITRE II

Mais l'Yonne était grise et l'ennui intolérable. Ce n'était plus l'ennui en soi, mais l'ennui de quelqu'un. Au bout d'une semaine, je rentrai. Ma mère se réveilla brusquement comme je partais, me demanda si j'étais heureuse. Je lui assurai que oui, que j'aimais bien le Droit, que je travaillais beaucoup et que j'avais de bons amis. Elle repartit donc, tranquille, dans sa mélancolie. Pas une seconde — ce qui n'aurait pas manqué de m'arriver l'année précédente — je n'avais eu envie de tout lui dire. D'ailleurs lui dire quoi ? Décidément, je vieillissais.

A la pension je trouvai un mot de Bertrand me demandant de l'appeler dès mon retour. Sans nul doute, c'était une explication qu'il voulait — car je ne croyais pas beaucoup à la discrétion de Catherine — mais je lui devais bien ça. Je l'appelai donc et nous prîmes rendez-vous. En attendant j'allai m'inscrire au restaurant universitaire.

A six heures je retrouvai Bertrand au café de la rue Saint-Jacques et il me sembla qu'il ne s'était rien passé, que tout recommençait. Mais dès qu'il se leva et m'embrassa sur la joue avec componction, je fus rappelée à la réalité. J'essayai lâchement de prendre l'air léger et irresponsable.

« Tu as embelli, dis-je, avec une sincérité véritable et avec la cynique petite pensée intérieure : "Dommage."

— Toi aussi, fit-il brièvement. Je voulais que tu saches : Catherine m'a tout dit.

— Tout quoi ?

— Ton séjour sur la Côte. Un ou deux recoupements m'ont fait penser que c'était avec Luc. C'est vrai, non ?

— Oui, dis-je. (J'étais impressionnée. Il n'avait pas l'air furieux, simplement calme et un peu triste.)

— Alors, voilà : je ne suis pas un type à partager. Je t'aime encore : assez pour que ça ne compte pas ; pas assez pour me payer le luxe de la jalousie et souffrir par toi comme ce printemps. Tu n'as qu'à choisir. »

Il avait dit ça d'une traite.

« Choisir quoi ? » J'étais ennuyée. Selon les prévisions de Luc je n'avais pas pensé à Bertrand comme à une donnée du problème.

« Ou tu ne vois plus Luc et nous continuons. Ou tu le vois et nous restons bons amis. C'est tout.

— Evidemment, évidemment. »

Je ne trouvai absolument rien à dire. Il paraissait mûri, grave ; je l'admirais presque. Mais il ne m'était plus rien, absolument plus rien. Je posai ma main sur sa main.

« Je suis désolée, dis-je, je ne peux pas. »

Il resta une seconde silencieux, regardant par la fenêtre.

« C'est un peu dur à passer, dit-il.

— Je n'aime pas te faire souffrir, repris-je, et j'étais vraiment au supplice.

— Ce n'est pas le plus difficile, dit-il comme pour lui-même. Tu verras. Quand on est décidé, ça va. C'est quand on s'accroche. »

Il se tourna vers moi soudainement :

« Tu l'aimes ?

— Mais non, dis-je, agacée. Il n'en est pas question. Nous nous entendons très bien, c'est tout.

— Si tu as des ennuis, je suis là, dit-il. Et je crois que tu en auras. Tu verras : Luc, ce n'est rien, c'est une intelligence triste. C'est tout. »

Je pensai avec une bouffée de joie à la tendresse de Luc, à ses rires.

« Crois-moi. De toute manière, ajouta-t-il avec une sorte d'élan, je serai là, tu sais, Dominique. J'ai été très heureux avec toi. »

Nous avions tous deux envie de pleurer. Lui parce que c'était fini et qu'il avait dû quand même espérer ; moi, parce que j'avais l'impression de perdre mon protecteur naturel, pour me lancer dans une aventure confuse. Je me levai et l'embrassai légèrement.

« Au revoir, Bertrand. Pardonne-moi.

— Va-t'en », dit-il avec douceur.

Je sortis complètement démoralisée. Cette année s'annonçait bien...

Catherine m'attendait dans ma chambre, assise sur le lit, l'air tragique. Elle se leva quand j'entrai et me tendit la main. Je la lui serrai sans entrain et m'assis.

« Dominique, je voulais m'excuser. Je n'aurais peut-être dû rien dire à Bertrand. Qu'en penses-tu ? »

J'admirais qu'elle me posât la question.

« Ça n'a pas d'importance. Il aurait peut-être mieux valu que je lui dise moi-même, mais ça n'a pas d'importance.

— Bon », dit-elle, soulagée.

Elle se rassit sur le lit, l'air excité et content.

« Et maintenant, raconte. »

Je restai sans mots, puis j'éclatai de rire.

« Ah! non. Tu es merveilleuse, Catherine. Tu expédies Bertrand — hop, classé! — et, ce point noir écarté, allez, aux affaires alléchantes!

— Ne te moque pas de moi, dit-elle en faisant la petite fille. Raconte-moi tout.

— Il n'y a rien à raconter, répondis-je sèchement. J'ai passé quinze jours sur la Côte avec quelqu'un qui me plaisait. Pour diverses raisons l'histoire s'arrête là.

— Il est marié? demanda-t-elle finement.

— Non. Sourd-muet. Maintenant, il faut que je défasse ma valise.

— Je suis tranquille, tu me raconteras tout », dit-elle.

« Le pire, c'est que c'est peut-être vrai, pensai-je en ouvrant mon armoire. Un jour de cafard... »

« Eh bien, moi, continua-t-elle, comme si c'était une révélation, je suis amoureuse.

— Duquel? dis-je. Ah! du dernier, bien sûr.

— Si ça ne t'intéresse pas... »

Mais elle continua. Je me mis à ranger avec colère. « Pourquoi ai-je des amies si sottes? Luc ne la supporterait pas. Mais que vient faire Luc là-dedans? Là-dedans, c'est ma vie, d'ailleurs. »

« ... Bref, je l'aime, achevait-elle.

— Qu'est-ce que tu appelles aimer? demandai-je avec curiosité.

— Je ne sais pas, moi. Aimer, penser à quelqu'un, sortir avec lui, le préférer. Ce n'est pas ça?

— Je ne sais pas. Peut-être. »

J'avais fini mes rangements. Je m'assis sur le lit, découragée. Catherine se fit gentille.

« Ma Dominique, tu es folle. Tu ne penses à rien. Viens avec nous ce soir. Je sors avec Jean-Louis, bien sûr, et un de ses amis, un type très intelligent qui s'occupe de littérature. Ça te distraira. »

De toute manière je ne voulais pas téléphoner à Luc avant le lendemain. Et puis j'étais fatiguée ; la vie m'apparaissait comme un morne tourbillon avec, au centre, par moments, seul élément stable : Luc. Lui seul me comprenait, m'aidait. J'avais besoin de lui.

Oui, j'en avais besoin. Je ne pouvais rien lui demander, mais il était quand même vaguement responsable. Surtout ne pas le lui faire savoir. Les conventions doivent être les conventions, surtout quand elles contrarient les autres.

« Allons, dis-je, allons voir ton Jean-Bertrand et son ami intelligent. Je me moque de l'intelligence, Catherine. Non, ce n'est pas vrai ; mais je n'aime que les intelligences tristes. Ceux qui s'en tirent bien m'énervent.

— Jean-Louis, protesta-t-elle, pas Jean-Bernard. Se tirer de quoi ?

— De ça, dis-je avec emphase, et je désignai la fenêtre, avec, au-dessus, gris et rose, d'une tristesse de doux enfer, le ciel bas.

— Ça ne va pas », dit Catherine d'une voix inquiète, et elle me prit le bras en descendant l'escalier, veillant sur les marches à ma place. En fin de compte je l'aimais bien.

Son Jean-Louis était beau, d'une sorte de beauté un peu louche, mais pas déplaisante. Mais l'ami, Alain, était beaucoup plus fin et drôle, avec, surtout, cette sorte d'acidité dans l'intelligence, de mauvaise foi et de continuels retournements, qui manquaient à Bertrand. Nous quittâmes vite Catherine et son soupirant qui, d'ailleurs, manifestaient leur passion avec une avidité déplacée, tout au moins dans les cafés, et Alain me ramena à ma pension en parlant de Stendhal et de littérature, ce qui m'intéressa pour la première fois depuis deux ans. Il n'était ni laid, ni beau ; rien. J'acceptai volontiers de déjeuner avec lui le surlendemain, en faisant des vœux pour que ce jour-là ne fût pas le jour libre de Luc. Déjà tout convergeait vers lui, tout en dépendait et se faisait sans moi.

CHAPITRE III

Bref j'aimais Luc et je me le formulai vite, la première nuit que je passai à nouveau avec lui. C'était dans un hôtel, sur un quai ; il était allongé sur le dos, après l'amour, et il me parlait les yeux clos. Il disait : « Embrasse-moi. » Et je me soulevais sur le coude pour l'embrasser. Mais en me penchant sur lui je fus envahie d'une sorte de nausée, de la conviction irrémédiable que ce visage, cet homme, c'était la seule chose pour moi. Et que le plaisir insupportable, l'attente qui me retenaient aux bords de cette bouche, étaient bien le plaisir, l'attente de l'amour. Que je l'aimais. Et je m'allongeai sur son épaule, sans l'embrasser, avec un petit gémissement de peur.

« Tu as sommeil, dit-il en mettant la main sur mon dos, et il rit un peu. Tu es comme un petit animal ; après l'amour tu dors ou tu as soif.

— Je pensais, dis-je, que je vous aimais bien.

— Moi aussi, dit-il, et il me tapota l'épaule... Dès qu'on ne se voit pas pendant trois jours, tu me vouvoies, pourquoi ?

— Je vous respecte, dis-je. Je vous respecte et je vous aime. »

Nous rîmes ensemble.

« Non, mais sérieusement, repris-je avec entrain, comme si cette brillante idée venait de me traverser la tête, que feriez-vous si je vous aimais pour de bon ?

— Mais tu m'aimes pour de bon, dit-il, les yeux refermés.

— Je veux dire : si vous m'étiez indispensable, si je vous voulais à moi tout le temps… ?

— Je serais très ennuyé, dit-il. Même pas flatté.

— Et que me diriez-vous ?

— Je te dirais : « Dominique, euh… Dominique, pardonne-moi. »

Je soupirai. Il n'aurait donc pas eu l'affreux réflexe de l'homme prudent et consciencieux, de me dire : « Je t'avais prévenue. »

« Je vous pardonne d'avance, dis-je.

— Passe-moi une cigarette, fit-il paresseusement, elles sont de ton côté. »

Nous fumâmes en silence. Je me disais : « Voilà, je l'aime. Probablement cet amour n'est-il que cette pensée : "Je l'aime." Ce n'est que "ça"; mais en dehors de "ça", pas de salut. »

Effectivement, il n'y avait eu que « ça », durant toute la semaine : ce coup de téléphone de Luc : « Seras-tu libre la nuit du 15 au 16 ? », cette phrase qui m'était revenue toutes les trois ou quatre heures, telle qu'il l'avait prononcée, froidement, mais faisant chaque fois chanceler ce poids imprécis en moi, entre le bonheur et la suffocation. Et maintenant j'étais près de lui et le temps passait, très long et très blanc.

« Il va falloir que je m'en aille, dit-il. Cinq heures moins le quart ! C'est tard.

— Oui, dis-je. Françoise est là ?

— Je lui ai dit que je sortais avec des Belges, à Montmartre. Mais les cabarets doivent fermer maintenant.

— Que va-t-elle dire? C'est tard, cinq heures, même pour des Belges. »

Il parlait les yeux clos.

« Je rentrerai; je dirai "Oh! ces Belges!", en m'étirant. Elle se retournera et dira : "Tu as de l'aquaselzer dans la salle de bains", et elle se rendormira. Voilà.

— Evidemment! dis-je. Et demain, à vous le récit rapide et las des cabarets, des mœurs de la Belgique, de...

— Oh! une simple énumération... Je n'ai pas le goût de mentir, enfin pas le temps surtout.

— Vous avez le temps de quoi? dis-je.

— De rien. Ni le temps, ni la force, ni l'envie. Si j'avais été capable de quoi que ce soit, je t'aurais aimée.

— Qu'est-ce que ça aurait changé?

— Rien, rien pour nous. Enfin, je ne pense pas. Simplement, j'aurais été malheureux à cause de toi, alors que je suis content. »

Je me demandai si c'était un avertissement pour mes paroles de tout à l'heure, mais il posa sa main sur ma tête, comme solennellement :

« Je peux tout te dire. J'aime bien ça. A Françoise je ne pourrais pas dire que je ne l'aime pas vraiment, que nous n'avons pas des bases merveilleuses et honnêtes. La base de tout, c'est ma fatigue, mon ennui. Solides bases d'ailleurs, superbes. On peut bâtir de belles unions durables sur ces choses-là : la solitude, l'ennui. Au moins ça ne bouge pas. »

Je levai la tête de son épaule :

« Ce sont des... »

J'allais ajouter : « sornettes », dans le vigoureux mouvement de protestation qui m'avait saisie, mais je me tus.

« Des quoi ? Alors, on a des petits coups de jeunesse ? »

Il se mit à rire, avec tendresse.

« Mon pauvre chat, tu es si jeune, si désarmée. Si désarmante, heureusement. Ça me rassure. »

Il me ramena à la pension. Je devais, le lendemain, déjeuner avec lui, Françoise et un ami à eux. Je l'embrassai par la fenêtre de la voiture pour lui dire au revoir. Il avait les traits tirés, l'air vieux. Cette vieillesse me déchira un peu et, un instant, me le fit aimer davantage.

CHAPITRE IV

Le lendemain je me réveillai pleine d'entrain. L'absence de sommeil me réussissait toujours. Je me levai, allai à la fenêtre, respirai l'air de Paris et allumai une cigarette sans en avoir envie. Puis je me recouchai, non sans m'être regardée dans la glace, trouvé l'œil battu, la mine intéressante. Bref, une bonne tête. Je décidai de demander à la propriétaire de chauffer les chambres dès le lendemain, car enfin elle exagérait.

« Il fait un froid noir ici », dis-je à voix haute, et ma voix me parut enrouée, comique.

« Chère Dominique, ajoutai-je, vous avez une passion. Il s'agit de traiter ça : de la marche, des lectures dirigées, des jeunes gens, peut-être un léger travail. Voilà. »

Je ne pouvais me défendre d'un sentiment de sympathie pour moi-même. Allons, j'avais un certain humour, que diable ! J'étais bien dans ma peau. A moi les passions. D'ailleurs j'allais déjeuner avec l'objet de ma flamme. C'est munie, comme d'un viatique, de ce fragile détachement, dû à une euphorie physique dont je connaissais pourtant les causes, que je me rendis chez Françoise et Luc. J'attrapai l'autobus au vol et le contrôleur en profita, sous prétexte de m'aider, pour me passer le bras autour de la taille. Je lui tendis ses tickets et nous échangeâmes un sourire complice, lui d'homme à femmes, moi de femme habituée aux hommes à femmes. Je restai sur la plate-forme, l'autobus crissant sur le pavé, cahotant un peu, appuyée sur la balustrade. Très bien, j'étais très bien, avec cette insomnie étirée entre la mâchoire et le plexus solaire.

Chez Françoise il y avait déjà l'ami inconnu, un homme assez gros, rouge et sec. Luc n'était pas là, car il avait, raconta Françoise, passé la nuit avec des clients belges et s'était seulement levé à dix heures. Ces Belges étaient bien ennuyeux avec leur Montmartre. Je vis que le gros homme me regardait et je me sentis rougir.

Luc entra ; il avait l'air fatigué.

« Tiens, Pierre, dit-il, comment vas-tu ?

— Tu ne m'attendais pas ? »

Il avait quelque chose d'agressif. Peut-être était-ce simplement le fait que Luc ne s'étonnât pas de ma présence, mais de la sienne.

« Mais si, mon vieux, mais si, dit Luc, avec un petit sourire excédé. Il n'y a rien à boire ici ? Quelle est cette ravissante chose jaune dans ton verre, Dominique ?

— Un clair whisky, répondis-je. Vous ne le reconnaissez même plus ?

— Non », dit-il, et il s'assit sur un fauteuil comme on s'assoit dans une gare, sur le bord du siège. Puis il nous jeta un coup d'œil — toujours un coup d'œil de gare — distrait et indifférent. Il avait l'air enfantin et buté. Françoise se mit à rire.

« Mon pauvre Luc, tu as presque aussi mauvaise

mine que Dominique. D'ailleurs, ma chère enfant, je vais mettre le holà à tout ceci. Je vais dire à Bertrand qu'il... »

Elle expliqua ce qu'elle dirait à Bertrand. Je n'avais pas regardé Luc. Nous n'avions jamais aucune complicité par rapport à Françoise, Dieu merci. C'était même drôle. Nous en parlions entre nous comme d'une enfant très chère et qui nous donnerait quelques soucis.

« Ce genre de foire ne réussit à personne », reprit le nommé Pierre ; et je me rendis compte soudain que, probablement à cause de Cannes, il savait. Cela expliquait son regard méprisant du début, sa sécheresse et ces demi-allusions. Je me souvenais soudain que nous l'y avions rencontré et que Luc m'avait dit qu'il était assez amoureux de Françoise. Il devait être indigné, peut-être bavard. Le style de Catherine : ne rien cacher à ses amis, rendre service, ne pas laisser abuser de, etc. Et si Françoise apprenait, si elle me regardait avec mépris, avec colère, avec tout ce qui était si éloigné d'elle et, me semblait-il, si peu mérité par moi-même, que ferais-je ?

« Allons déjeuner, dit Françoise. Je meurs de faim. »

Nous partîmes à pied pour un restaurant proche. Françoise me prit le bras et les hommes nous suivirent.

« Il fait très doux, dit-elle, j'adore l'automne. »

Et, je ne sais pourquoi, cette phrase déclencha en moi le souvenir de la chambre de Cannes, de Luc à la fenêtre, disant : « Tu n'as qu'à prendre un bain et un bon verre de scotch, après ça ira mieux. » C'était le premier jour, je n'étais pas très contente ; il y en avait quinze autres à venir, quinze jours avec Luc, le jour, la nuit. Et c'était cette chose que je désirais le plus à présent et qui ne reviendrait sans doute jamais. Si j'avais su... Mais si j'avais su, c'eût été pareil. Il y avait une phrase de Proust là-dessus : « Il est très rare qu'un bonheur vienne se poser précisément sur le désir qui l'avait appelé. » Cette nuit, c'était arrivé : quand je m'étais rapprochée du visage de Luc, alors que je l'avais désiré toute la semaine, cette coïncidence m'avait causé une sorte de nausée, due peut-être simplement à l'absence subite de ce vide qui constituait généralement ma vie. Vide qui tenait au sentiment que ma vie ne me rejoignait pas. Alors qu'au contraire, à cet instant-là, j'avais eu l'impression de rejoindre enfin ma vie et d'y culminer.

« Françoise ! » appela Pierre derrière nous.

Nous nous retournâmes et changeâmes de compagnon. Je me retrouvai devant, à côté de Luc, marchant du même pas, sur l'avenue rousse, et nous dûmes avoir la même pensée, car il me jeta un coup d'œil interrogateur, presque brutal.

« Eh oui », fis-je.

Il haussa tristement les épaules : un imperceptible mouvement qui releva son visage.

Il sortit une cigarette de sa poche, l'alluma en marchant et me la tendit. Chaque fois que quelque chose le gênait, il avait cette ressource. C'était pourtant un homme complètement dénué de manies.

« Ce type sait, dit-il, pour toi et moi. »

Il disait cela pensivement, sans crainte apparente.

« C'est grave ?

— Il ne résistera pas longtemps à la possibilité de consoler Françoise. J'ajoute que consoler, en ce cas, est un mot qui n'entraînera pas forcément à de quelconques extrémités. »

J'admirai un instant sa confiance de mâle.

« C'est un doux abruti, dit-il. Un ami de Faculté de Françoise ; tu te rends compte ? »

Je me rendais compte.

Il ajouta :

« Ça m'ennuie dans la mesure où ça fera de la peine à Françoise. Le fait que ce soit toi...

— Evidemment, dis-je.

— Ça m'ennuierait pour toi aussi, si Françoise prenait ça très mal de ta part. Elle peut te faire beaucoup de bien, Françoise. C'est une amie sûre.

— Je n'ai pas d'amie sûre, dis-je avec tristesse. Je n'ai rien de sûr.

— Triste ? » demanda-t-il, et il me prit la main.

Je fus émue un instant de ce geste, des risques apparents qu'il lui faisait courir, puis je fus envahie de tristesse. En effet il me tenait la main et nous marchions ensemble sous l'œil de Françoise ; mais elle savait bien que c'était lui, Luc, l'homme fatigué, qui me tenait la main. Sans doute pensait-elle que s'il avait eu mauvaise conscience, il ne l'aurait pas fait. Non, il ne risquait pas grand-chose. C'était un homme indifférent. Je serrai sa main : évidemment c'était lui, ce n'était que lui. Et que cela suffît à occuper mes journées ne cessait pas de m'étonner.

« Pas triste, répliquai-je. Rien. »

Je mentais. J'aurais voulu lui dire que je mentais et qu'à la vérité j'avais besoin de lui, mais tout cela, dès que j'étais à son côté, me semblait irréel. Il n'y avait rien ; il n'y avait rien eu que quinze jours agréables, des imaginations, des regrets. Pourquoi être ainsi déchirée ? Douloureux mystère de l'amour, pensais-je avec dérision. En fait je m'en voulais, car je me savais assez forte, assez libre, assez douée pour avoir un amour heureux.

Le déjeuner fut long. Je regardais Luc, troublée. Il était beau, et intelligent, et las. Je ne voulais pas me séparer de lui. Je faisais de vagues plans pour l'hiver. En me quittant, il me dit qu'il me téléphonerait. Françoise ajouta qu'elle me téléphonerait aussi pour m'emmener voir je ne sais qui.

Ils ne m'appelèrent ni l'un ni l'autre. Cela dura dix jours. Le nom de Luc me devenait un fardeau. Enfin il me téléphona que Françoise était au courant et qu'il me ferait signe dès qu'il le pourrait, car il était débordé d'affaires. Sa voix était douce. Je restai immobile dans ma chambre sans bien comprendre. Je devais dîner avec Alain. Il ne pourrait rien pour moi. J'étais comme ruinée.

Je revis Luc deux fois dans la quinzaine qui suivit. Une fois au bar du quai Voltaire, une fois dans une chambre où nous ne trouvâmes rien à nous dire, ni avant ni après. Les choses avaient ce mauvais goût de cendre. Il est toujours curieux de voir à quel point la vie ratifie les conventions romanesques. Je me rendis compte que je n'étais décidément pas faite pour être la petite complice gaie d'un homme marié. Je l'aimais. Il aurait fallu y penser, tout au moins penser que ce pouvait être ça, l'amour : cette obsession, cette insatisfaction douloureuse. J'essayais de rire. Il ne répondit pas. Il me parlait doucement, tendrement, comme s'il allait mourir... Françoise avait eu beaucoup de peine.

Il me demanda ce que je faisais. Je lui répondis que je travaillais, que je lisais. Je ne lisais ou je n'allais au cinéma que dans la pensée que je pourrais lui parler de ce livre, ou de ce film dont il m'avait dit connaître le metteur en scène. Je cherchais désespérément des liens entre nous, d'autres liens que cette peine un peu sordide que nous avions faite à Françoise. Il n'y en avait pas, et pourtant nous ne pensions pas au remords. Je ne pouvais pas lui dire : « Rappelle-toi. » C'eût été tricher et l'effrayer. Je ne pouvais lui dire que je voyais, ou croyais voir partout sa voiture dans les rues, que je commençais sans cesse son numéro de téléphone sans l'achever, que je questionnais fébrilement ma logeuse en rentrant, que tout se ramenait à lui et que je m'en voulais à mourir. Je n'avais droit à rien. Mais rien, c'était quand même à ce moment-là son visage, ses mains, sa voix tendre, tout ce passé insupportable... Je maigrissais.

Alain était bon, et je lui dis tout, un jour. Nous faisions des kilomètres en marchant, et il discutait ma passion comme une chose littéraire, ce qui me permettait de prendre du recul et d'en parler moi-même.

« Tu sais quand même bien que ça finira, disait-il. Que dans six mois ou un an, tu en plaisanteras.

— Je ne veux pas, disais-je. Ce n'est pas seulement moi que je défends, c'est tout ce que nous avons été ensemble. Ce Cannes, nos rires, notre entente.

— Mais cela n'empêche pas que tu saches qu'un jour ça ne comptera plus.

— Je le sais bien, mais ça ne m'est pas sensible. Ça m'est égal. Maintenant, maintenant. Il n'y a que ça. »

Nous marchions. Il me raccompagnait à la pension, le soir, me serrait la main gravement et en rentrant je demandais à la logeuse si M. Luc H. n'avait pas téléphoné. Elle disait que non, souriait. Je m'étendais sur mon lit, je pensais à Cannes.

Je me disais : « Luc ne m'aime pas »; et cela me donnait une petite douleur sourde et cardiaque. Je me le répétais, et la petite douleur revenait, parfois aussi aiguë. Alors il me semblait avoir fait un pas;

que, du seul fait que cette petite douleur soit à ma disposition, prête à accourir, fidèle, armée jusqu'aux dents, à mon appel, j'en disposais. Je disais : « Luc ne m'aime pas »; et cette chose bouleversante arrivait. Mais si je disposais à peu près à mon gré de cette douleur, je ne pouvais l'empêcher de réapparaître à l'improviste pendant un cours ou un déjeuner, de me surprendre et de me faire mal. Et je ne pouvais empêcher non plus cet ennui quotidien, justifié, cette existence larvaire dans la pluie, la fatigue des matins, des cours insipides, des conversations. Je souffrais. Je me disais que je souffrais, avec curiosité, ironie, n'importe quoi, pour éviter cette évidence lamentable d'un amour malheureux.

Ce qui devait arriver arriva. Je revis Luc un soir. Nous nous promenâmes au Bois dans sa voiture. Il me dit qu'il devait se rendre en Amérique pour un mois. Je dis que c'était intéressant. Puis la réalité me saisit : un mois. J'attrapai une cigarette.

« Quand je rentrerai, tu m'auras oublié, dit-il.

— Pourquoi ? demandai-je.

— Mon pauvre chéri, ça vaudrait mieux pour toi, tellement mieux... » Et il arrêta la voiture.

Je le regardai. Il avait un visage tendu, désolé. Ainsi, il savait. Il savait tout. Ce n'était plus seulement un homme qu'il fallait ménager, c'était aussi un ami. Je m'accrochai à lui, tout d'un coup. Je mis ma joue contre sa joue. Je regardais l'ombre des arbres. J'entendais ma voix dire des choses incroyables.

« Luc, ce n'est plus possible. Il ne faut pas que vous me laissiez. Je ne peux pas vivre sans toi. Il faut que vous restiez là. Je suis seule, je suis si seule. C'est insupportable. »

J'écoutais ma propre voix avec surprise. C'était

114

une voix indécente, jeune, suppliante. Je me disais les choses que Luc aurait pu me dire : « Allons, allons, ça va passer, calme-toi. » Mais je continuais à parler et Luc à se taire.

Enfin, comme pour arrêter ce flot de paroles, il me prit la tête dans ses mains, m'embrassa la bouche doucement.

« Mon pauvre chéri, disait-il, ma pauvre douce. »

Il avait une voix bouleversée. Je pensai à la fois : « Il est temps » et : « Je suis bien à plaindre. » Je me mis à pleurer sur son veston. Le temps passait, il allait me ramener à la maison, épuisée. Je me laisserais faire et, après, il ne serait plus là. J'eus un mouvement de révolte.

« Non, dis-je, non. »

Je m'accrochai à lui, j'aurais voulu être lui, disparaître.

« Je te téléphonerai. Je te reverrai avant de partir, dit-il... Je te demande pardon, Dominique, je te demande pardon. J'ai été très heureux avec toi. Ça te passera, tu sais. Tout passe. Je donnerais n'importe quoi pour... »

Il eut un geste d'impuissance.

« Pour m'aimer ? dis-je.

— Oui. »

Sa joue était douce, chaude de mes larmes. Je ne le verrais pas pendant un mois, il ne m'aimait pas. C'était bizarre, le désespoir ; bizarre qu'on en réchappe. Il me ramenait à la maison. Je ne pleurais plus. J'étais rompue. Il m'appela le lendemain, le surlendemain. Le jour de son départ j'avais la grippe. Il monta me voir un instant. Alain était là, de passage, et Luc m'embrassa sur la joue. Il m'écrirait.

CHAPITRE V

Parfois, je me réveillais au milieu de la nuit, la bouche sèche, et, avant même d'émerger du sommeil, quelque chose me chuchotait de me rendormir, de me replonger dans la chaleur, l'inconscience, comme dans ma seule trêve. Mais déjà je me disais : « Ce n'est que la soif; il suffit de me lever, de marcher jusqu'au lavabo, de boire et de me rendormir. » Mais quand j'étais debout, que je voyais dans la glace ma propre image, vaguement éclairée par le réverbère, et que l'eau tiède me coulait dans la gorge, alors le désespoir me prenait, et c'est avec une réelle impression de douleur physique que je me recouchais en grelottant. Une fois allongée à plat ventre, la tête dans les bras, j'écrasais mon corps contre le lit comme si mon amour pour Luc eût été une bête tiède et mortelle que j'eusse pu ainsi, par révolte, écraser entre ma peau et le drap. Et puis la bataille commençait. Ma mémoire, mon imagination devenaient deux ennemies féroces. Il y avait le visage de Luc, Cannes, ce qui avait été, ce qui aurait pu être. Et, sans arrêt, cette révolte de mon corps qui avait sommeil, de mon intelligence qui s'écœurait. Je me redressais, faisais des comptes : « Je suis moi, Dominique. J'aime Luc qui ne m'aime pas. Amour non partagé, tristesse obligatoire. Rompez. » J'imaginais des moyens de rompre d'ailleurs définitivement, d'envoyer à Luc une lettre élégante, noble, lui expliquant que c'était fini. Mais cette lettre ne m'intéressait que dans la mesure où son élégance, sa noblesse me ramèneraient Luc. Et je ne me voyais pas plus tôt séparée de lui par ce moyen cruel que j'imaginais déjà la réconciliation.

Il suffisait de réagir, comme disent les bonnes gens. Mais réagir pour qui ? Je ne m'intéressais à personne d'autre, ni à moi-même. Je ne m'intéressais moi-même que par rapport à Luc.

Catherine, Alain, les rues. Ce garçon qui m'avait embrassée dans une surprise-partie. Que je n'avais pas voulu revoir. La pluie, la Sorbonne, les cafés. Les cartes de l'Amérique. Je haïssais l'Amérique. L'ennui. Cela ne finirait-il jamais ? Il y avait plus d'un mois que Luc était parti. Il m'avait envoyé un petit mot tendre et triste que je savais par cœur.

Ce qui me réconfortait, c'est que mon intelligence, jusque-là opposée à cette passion, s'en moquant, me ridiculisant, suscitant en moi des dialogues difficiles, devenait peu à peu une alliée. Je ne me disais plus : « Finissons cette plaisanterie », mais : « Comment pourrait-on arrêter les frais ? » Les nuits étaient constantes et fades, engluées de tristesse, mais les jours étaient parfois rapides, absorbés en lectures. Je réfléchissais à « moi et Luc » comme à un cas, ce qui n'empêchait pas ces moments insupportables où je m'arrêtais sur le trottoir, avec cette chose qui descendait en moi, me remplissait de dégoût, de colère. Je rentrais dans un café, mettais vingt francs dans la machine à disques, m'offrais cinq minutes de spleen grâce à l'air de Cannes. Alain finissait par l'abhorrer.

Mais moi, j'en connaissais chaque note, je me rappelais l'odeur du mimosa, j'en avais pour mon argent. Je ne m'aimais pas.

« Là, mon vieux, disait Alain patient, là! »

Je n'aimais pas tellement qu'on m'appelle : « Mon vieux », mais dans ce cas, ça me réconfortait.

« Tu es gentil, disais-je à Alain.

— Mais non, disait-il. Je ferai ma thèse sur la passion. Je suis intéressé. »

Mais cette musique me convainquait. Elle me convainquait que j'avais besoin de Luc. Je savais bien que ce besoin était à la fois lié et séparé de mon amour. Je pouvais encore dissocier en lui l'être humain, le complice, et l'objet de ma passion : l'ennemi. Et c'était bien là le pire que de ne pouvoir un peu le sous-estimer, comme on le peut en général des gens qui vous répondent par la tiédeur. Il y avait aussi des moments où je me disais : « Ce pauvre Luc, quelle fatigue je serais pour lui, quel ennui! » Et je me méprisais de n'avoir pas su rester légère, d'autant plus que cela me l'eût peut-être attaché, par dépit. Mais je savais bien qu'il ne connaissait pas le dépit. Ce n'était pas un adversaire, mais Luc. Je n'en sortais pas.

Un jour que je descendais de ma chambre à deux heures pour aller au cours, la logeuse me tendit le téléphone. Je n'avais plus de ces coups au cœur en le prenant, puisque Luc était parti. Je reconnus aussitôt la voix hésitante et basse de Françoise :

« Dominique?

— Oui », dis-je.

Tout était immobile dans l'escalier.

« Dominique, j'aurais aimé vous téléphoner plus tôt. Vous voulez venir me voir quand même?

— Bien sûr », dis-je. Je surveillais ma voix à tel point que je dus avoir une intonation mondaine.

« Voulez-vous ce soir, à six heures ?

— C'est entendu. »

Et elle raccrocha.

J'étais bouleversée et contente d'avoir entendu sa voix. Ça ressuscitait le week-end, la voiture, les déjeuners au restaurant, les décors.

CHAPITRE VI

Je n'allai pas au cours, je marchai le long des rues en me demandant ce qu'elle allait pouvoir me dire. Selon la réaction classique il me semblait avoir trop souffert pour que qui que ce soit pût m'en vouloir. A six heures il pleuvait un peu ; les rues étaient humides et luisantes sous les lumières comme des dos de phoques. En entrant dans le hall de l'immeuble je me vis dans la glace. J'avais beaucoup maigri, espérant vaguement tomber gravement malade et que Luc viendrait sangloter à mon chevet de mourante. J'avais les cheveux mouillés, l'air traqué ; je ferais lever en Françoise son éternelle bonté. Je restai une seconde à me regarder. Peut-être aurais-je pu « manœuvrer », m'attacher vraiment Françoise, biaiser avec Luc, louvoyer. Mais pourquoi ? Comment louvoyer, alors qu'il y avait ce sentiment pour une fois absolu, désarmé, entier. J'avais été bien étonnée, bien admirative de mon amour. J'avais oublié qu'il ne représentait rien, sinon pour moi l'occasion de souffrir.

Françoise m'ouvrit avec un demi-sourire et l'air un peu effrayé. J'ôtai mon imperméable en entrant.

« Vous allez bien ? demandai-je.

— Très bien, dit-elle. Assieds-toi. Euh… asseyez-vous. »

J'avais oublié qu'elle me tutoyait. Je m'assis, elle me regardait, visiblement étonnée de mon aspect lamentable. Cela m'émut sur moi-même.

« Quelque chose à boire ?

— Volontiers. »

D'office elle me servit un whisky. J'en avais oublié le goût. Il y avait aussi ça : ma chambre triste, les restaurants universitaires. Le manteau roux qu'ils m'avaient donné m'avait bien rendu service quand même. Je me sentais tendue et désespérée, presque sûre de moi à force d'exaspération.

« Et voilà », dis-je.

Je levai les yeux et la regardai. Elle était assise sur le divan en face ; elle, sans un mot, me fixait. Nous pouvions encore parler d'autre chose et moi dire, en la quittant, l'air gêné : « J'espère que vous ne m'en voulez pas trop. » Cela dépendait de moi ; il suffisait de parler, vite, avant que ce silence ne devînt un double aveu. Mais je me tus. J'étais enfin dans un moment, je vivais un moment.

« J'aurais aimé vous téléphoner plus tôt, dit-elle enfin, parce que Luc m'avait dit de le faire. Et puis parce que ça m'ennuyait de vous savoir seule à Paris. Enfin…

— J'aurais dû vous appeler, moi aussi, dis-je.

— Pourquoi ? »

J'allais dire : « Pour m'excuser », mais le mot me parut faible. Je me mis à dire la vérité.

« Parce que j'en avais envie, parce que j'étais effectivement seule. Et puis, parce que ça m'ennuyait de penser que vous pensiez… »

J'eus un geste vague.

« Vous avez mauvaise mine, dit-elle doucement.

— Oui, dis-je avec colère. Si j'avais pu, je serais venue vous voir, vous m'auriez fait manger des biftecks, je me serais allongée sur votre tapis, vous m'auriez consolée. Par malchance, vous étiez la seule personne qui auriez su le faire et la seule qui ne le pouviez pas. »

Je tremblais. Mon verre tremblait dans ma main. Le regard de Françoise devenait insupportable.

« Ça... c'était désagréable », dis-je pour m'excuser.

Elle me prit mon verre des mains, le posa sur la table, se rassit.

« Moi, j'étais jalouse, dit-elle à voix basse, j'étais jalouse physiquement. »

Je la regardai. Je m'attendais à tout, sauf à ça.

« C'était bête, dit-elle, je savais bien que, vous et Luc, ce n'était pas grave. »

Devant mon expression, elle eut un geste d'excuse aussitôt, qui me parut méritoire.

« Enfin, je veux dire que l'infidélité dans l'ordre physique n'est pas vraiment grave ; mais j'ai toujours été comme ça. Et surtout maintenant... maintenant où... »

Elle semblait souffrir. J'avais peur de ce qu'elle allait dire.

« Maintenant que je suis moins jeune, acheva-t-elle et — elle détourna la tête — moins désirable.

— Non », dis-je.

Je protestais. Je ne pensais pas que cette histoire pût avoir une autre dimension, inconnue de moi, minable, même pas minable, ordinaire, triste. J'avais cru que cette histoire m'appartenait ; mais je ne savais rien de leur vie.

« Ce n'était pas cela », dis-je, et je me levai.

J'allai vers elle et restai debout. Elle se tourna vers moi et me sourit un peu.

« Ma pauvre Dominique, quel gâchis! »

Je m'assis à côté d'elle et pris ma tête dans mes mains. Mes oreilles bourdonnaient. Je me sentais vide. J'aurais aimé pleurer.

« Je vous aime bien, dit-elle. Beaucoup. Je n'aime pas penser que vous avez été malheureuse. Quand je vous ai vue la première fois, j'ai pensé que nous pourrions vous donner un air heureux au lieu de cet air un peu battu que vous aviez. Ce n'est pas très réussi.

— Malheureuse, je l'ai été un peu, dis-je. D'ailleurs, Luc m'avait prévenue. »

J'aurais aimé m'effondrer contre elle, ce grand corps généreux, lui expliquer que j'aurais voulu qu'elle soit ma mère, que j'étais bien malheureuse, pleurnicher. Mais je ne pouvais même pas jouer ce rôle.

« Il rentre dans dix jours », dit-elle.

Quelle était encore cette secousse dans ce cœur obstiné? Il fallait que Françoise retrouve Luc et son demi-bonheur. Il fallait que je me sacrifie. Cette dernière pensée me fit sourire. C'était un dernier effort pour me cacher mon inimportance. Je n'avais rien à sacrifier, aucun espoir. Je n'avais qu'à mettre fin, ou laisser le temps mettre fin à une maladie. Cette résignation âcre comportait un certain optimisme.

« Plus tard, dis-je, quand ce sera fini pour moi, je vous reverrai, Françoise, et Luc aussi. Maintenant je n'ai qu'à attendre. »

Sur le seuil elle m'embrassa doucement. Elle me dit : « A bientôt. »

Mais sitôt rentrée chez moi, je tombai sur mon lit. Que lui avais-je dit, quelles froides sottises ? Luc allait rentrer, il me prendrait dans ses bras, il m'embrasserait. Même s'il ne m'aimait pas, il serait là, lui, Luc. Ce cauchemar serait fini.

Au bout de dix jours Luc rentra. Je le sus, car je passai devant chez lui, en autobus, le jour de son arrivée, et je vis sa voiture. Je rentrai à la pension et attendis son coup de téléphone. Il ne vint pas. Ni ce jour-là, ni le lendemain, où je restai couchée, prétextant une grippe, pour l'attendre.

Il était là. Il ne m'appelait pas. Après un mois et demi d'absence. Le désespoir, c'était ce grelottement, ce demi-rire intérieur, cette apathie obsédée. Je n'avais jamais tant souffert. Je me disais que c'était le dernier sursaut, mais qu'il était dur.

Le troisième jour je me levai. J'allai au cours. Alain se remit à marcher avec moi. J'écoutais ce qu'il me disait, avec attention, je riais. Une phrase m'obsédait sans que je susse pourquoi. « Il y a quelque chose de corrompu dans le royaume de Danemark. » Je l'avais toujours sur les lèvres.

Le quinzième jour je me réveillai en entendant une musique dans la cour, diffusée par la radio généreuse d'un voisin. C'était un bel andante de Mozart, évoquant comme toujours l'aube, la mort, un certain sourire. Je restai à l'écouter un long moment, immobile dans mon lit. J'étais assez heureuse.

La logeuse m'appela. On me demandait au téléphone. J'enfilai une robe de chambre sans me presser et descendis. Je pensais que c'était Luc, et que ça n'avait plus tellement d'importance. Quelque chose s'enfuyait de moi.

« Tu vas bien ? »

J'écoutais sa voix. C'était sa voix. D'où me venaient ce calme, cette douceur, comme si quelque chose de vivant, d'essentiel, s'écoulait de moi. Il me demandait de prendre un verre avec lui, le lendemain. Je disais : « Oui, oui. »

Je remontai dans ma chambre, très attentive. La musique était finie et je regrettai d'avoir manqué la fin. Je me surpris dans la glace et je me vis sourire. Je ne m'empêchai pas de sourire, je ne pouvais pas. A nouveau, je le savais, j'étais seule. J'eus envie de me dire ce mot à moi-même. Seule. Seule. Mais enfin, quoi ? J'étais une femme qui avait aimé un homme. C'était une histoire simple ; il n'y avait pas de quoi faire des grimaces.

Imprimé en France par

à Saint-Amand-Montrond (Cher)
en juin 2010

POCKET - 12, avenue d'Italie - 75627 Paris Cedex 13

N° d'impression : 101077
Dépôt légal : avril 2009
Suite du premier tirage : juillet 2010
S 18997/03